Fco. Miguel Beasl ...quez

@fmbeasley

…A todos aquellos que ofrecen sonrisas, porque piensan
que devolverán otras nuevas sonrisas.

—Vamos a usar tu teléfono, tiene más calidad que el mío—aconsejó—. Grabamos un poco y nos vamos, es de noche y no me gusta esto —argumentó Alan a la vez que intentaba disimular su nerviosismo.

—¡No empieces! Con esto subiremos nuestra reputación. Todo el mundo querrá ver nuestras pruebas. Nadie se ha atrevido a hacer esto antes. Es lo que necesitamos para conseguir miles de *likes*—manifestó excitado Eric.

—Si lo prefieres, Olivia y tú entráis por la parte de atrás mientras que Eric y yo los entretenemos —sugirió Elsa a Alan, cada vez más nervioso.

—No, no. Lo dejamos así. Vosotros os metéis por la parte de atrás —advirtió Alan.

La calle estaba desierta. Solo ambientaba, de manera paupérrima, tenues haces de luces amarillas y circulares, que proyectaban antiguas farolas sobre el asfalto. Era una localización a las afueras del pueblo; una zona de casas aisladas, tranquila y con cierto ambiente rústico. Los cuatro amigos caminaban en silencio hacia su objetivo. Se interpolaban el sonido de sus pisadas sobre la grava y el canto de grillos acomodados a lo largo de la vegetación del entorno.

Tras unos minutos caminando, en un apartado a la derecha de la calle, se vislumbraba la casa de la familia Sahin. Una vivienda tan grande como humilde. Sus muros estaban descascarillados y llenos de humedades. Parecía decorada por retales y cachivaches reciclados. La puerta de entrada destacaba por una gran verja oxidada y cerrada por una simple cadena con candado dorado. Un jardín maltrecho con algunas mesas y sillas demasiadas baqueteadas daban la bienvenida. A diferencia de las demás casas de campo, en vez de tener perros guardianes, estaba repleta de gatos. Al fondo del jardín, tras la casa, se encontraba un viejo almacén.

—¿Tenemos todo claro? —preguntó Eric.

—Sí…pero daros prisa, no tendremos mucho tiempo. Algo rápido y nos vamos —recordó Olivia a sus amigos.

—¡Qué cagados sois! Hoy es sábado y el Döner Kebah está a tope y en la casa seguro que solo están los abuelos. El resto de la familia estará en el restaurante y repartiendo comida a domicilio —argumentó Eric.

Los Sahin eran una modesta familia turca, compuesta por un matrimonio con tres hijos mayores de edad, el tío de estos y los abuelos. Habían viajado por Europa buscándose la vida y llevaban tres años afincados en Murcia. Con mucho trabajo, regentaban un pequeño Döner Kebah, en la calle mayor de Llano de Brujas.

Los amigos estaban preparados. Alan y Olivia en la verja de entrada, Eric y Elsa escondidos en la parte trasera de la casa. La falta de luminarias y el diseminado de las viviendas de la zona facilitaban el mimetismo y el contexto necesario para la consecución del objetivo.

BRIIIIIIIEM, BRIIIIIIIIIIIIIIEM —Alan hizo sonar el timbre de la vivienda.

Pronto, la abuela Sila abrió la puerta.

—Hola, buenas noches señora. Disculpe la hora que es. Verá, íbamos caminando de vuelta a casa y he sufrido un accidente. Se me ha hinchado el tobillo y no puedo apenas caminar —comenzó su interpretación Olivia—. A mi novio y a mí se nos gastó la batería del móvil y necesito llamar a mi madre para que venga a recogernos —hizo una pausa en su soliloquio esperando alguna reacción de la anciana.

Sila, los observaba desde el marco de la puerta de entrada. Tras unos interminables segundos, se dispuso a aproximarse a la verja principal donde estaban estos.

—¿Podría dejarnos un teléfono para llamar? —Preguntó Alan—. Vivimos bastante lejos.

Mientras, Eric y Elsa estaban encaramados a un árbol que lindaba por la parte exterior del muro de la parcela, en su parte posterior. Ambos esperaban la señal para saltar al interior e introducirse en el viejo almacén de los Sahin.

Sila miró detenidamente a los jóvenes — ¡Claro, pasad y sentaros! —abrió la verja y ofreció dos oxidadas sillas de jardín. Olivia tomó asiento, Alan prefirió permanecer de pie, próximo a su amiga.

—¡Yusuf, *lütfen disari çik!* —gritó Sila hacia el interior de la casa. Al poco tiempo, salió Yusuf, su marido.

La oscuridad de la noche, los gatos merodeando continuamente por el jardín y la tensión de la situación acrecentaban el nerviosismo de los jóvenes.

—No queremos molestar, ya…

—¡No molestáis!, esperad —replicó Sila—. *Bana cep telefonunu birak* —le comentó a Yusuf. Este introdujo lentamente su mano en el bolsillo de su pantalón y sacó un teléfono arañado. Los chicos tragaron saliva al unísono, de manera espontánea.

—Toma guapa, llama.

Olivia aceptó el teléfono y se dispuso a realizar una llamada. Al otro lado, Elsa recibía en su teléfono móvil la llamada entrante. Era el momento convenido para actuar rápido.

Eric y Elsa saltaron al interior de la parcela y se camuflaron entre las sombras y la cantidad de bártulos que acumulaban la familia turca en su jardín.

—Mi madre no coge el teléfono, qué raro... —dijo Olivia a Sira.

—¿Puedo probar a llamar a mi padre? —intervino Alan.

—Por supuesto. Le diré a mi marido que traiga, mientras tanto, una crema muy buena para el dolor— contestó la anciana de manera muy servicial.

Al otro lado de la casa, Eric hizo una señal con la mano a Elsa, señalándole la puerta del almacén. Ambos se desplazaron con sigilo hacia él y abrieron, cuidadosamente, la puerta. Los dos pasaron al interior de aquella boca del lobo.

La suciedad y el desorden eran casi tan imperiosos como el fuerte olor a una mezcla de salitre y sazonador, creando un ambiente sofocante. Desde fuera, parecía más pequeño el almacén. Elsa, encendió la linterna de su teléfono móvil para evitar tocar algo indeseado mientras caminaban despacio salvando obstáculos. Al fondo, pegado a la pared, se podían vislumbrar una torre de jaulas metálicas y, a su derecha, dos congeladores muy grandes.

En el otro lado de la casa, Yusuf apareció con un tarro azul. Al abrirlo, se podía apreciar una crema grisácea y gelatinosa que parecía ser artesanal. Uno de esos ungüentos ancestrales, heredados como secreto familiar.

Sila, ayudó a Olivia a untar sobre su tobillo la crema. Alan no sabía qué hacer ni decir.

—¿No querías llamar a tu padre? —preguntó Yusuf a Alan.

—¡Ah sí! Muchas gracias —tomó el teléfono y marcó el número de Eric. Esa era la señal para que fueran saliendo de allí lo antes posible. Alan se retiró unos metros y fingió una conversación son su padre.

Entre tanto, Eric y Elsa llegaron al fondo del almacén. Elsa alumbró con su móvil las vitrinas y jaulas. Eric abrió, con mucha cautela, uno de los congeladores. Estaban a punto de averiguar la certeza del rumor que flotaba sobre la familia Sahin. Eric tuvo que tapar la boca de Elsa para que no se escaparan flujos de chillido al descubrir tal aberración.

—Graba, grábalo todo. Rápido —susurró Elsa.

En ese momento, saltó una llamada entrante en el teléfono de Eric, procedente del teléfono de Yusuf.

—Tenemos que irnos, Eric —se apresuró Elsa en advertir.

—Espera, un poco más. Con esto seremos líderes. Es muy fuerte…es la hostia.

—Es suficiente, Eric. ¿Quieres que nos pillen?

Yusuf y Sira se despedían de Alan y Olivia, al comentar estos que ya venía su padre a recogerlos a la carretera principal. Al entrar en la casa, Yusuf advirtió del extraño maullido de los gatos en la parte trasera de la casa. Al salir al jardín, observó que la puerta del almacén estaba abierta. Tras inspeccionar la zona y ver que todo estaba en orden, cerró la puerta del almacén y volvió con su esposa.

Minutos después, los cuatro jóvenes se reunían a doscientos metros de la casa de los turcos. Con los niveles de adrenalina a tope y las pulsaciones galopando, se congratulaban del trofeo conseguido. Se sentaron en un banco, introdujeron el *login* y contraseña en la aplicación. Al día siguiente, el rumor con más *likes*, y visualizaciones de la app *Cotillapp* era el de la familia Sahin.

Dos días después, la policía precintaba el *Döner Kebah* y arrestaban a la familia turca por delitos contra la salud pública.

La multitud de gatos que cohabitaban su casa, no solo servía de compañía a los turcos, sino que su carne era tratada y acondicionada, en aquel viejo almacén, para convertirla y venderla como *kebahs* en su restaurante.

RUMORES DE SANGRE

CAPITULO 1

Llano de Brujas, 21 de febrero de 2018.

Miércoles, 23:47 h.

—¡Mierda!, hemos durado dos semanas como líderes en el ranking —dijo con rabia Elsa.

—Ya, lo de los Sahin causó revuelo, pero más o menos se sospechaba ya que los turcos usaban carne de gato en sus *kebabs*. No ha causado el impacto ni el morbo que pretendíamos

—Tenemos que buscar algún tema más interesante. El hijo puta de *Billy81*, no sé cómo lo hará, otra vez se ha puesto líder. Siempre tiene buenos cotilleos… ¿Quién será el *Billy* ese? —Eric dio un puñetazo a uno de los cojines del sofá.

—Dicen que la madre de Víctor Conesa, tras divorciarse, se ha hecho *scort* —intervino de nuevo Elsa—. Es difícil pillarla porque va cambiando de sitio y es muy discreta.

—Llegas tarde, guapita. ¿No has visto que ayer subieron ese rumor? Quien la haya pillado está siendo muy listo porque está aportando pruebas por fascículos —aclaró Alan—; según se vaya comportando su reputación en la app. Además, se ve que las tiene jerarquizadas por importancia e interés. Ya que cada foto o video que sube es más morboso que el anterior.

—¡La peña se está profesionalizando, joder!

—Dicen que la Vane se ha comprado el Seat León con las ganancias de *Cotillapp* —aportó Elsa en aquella mesa llena de litros de cervezas y restos de pizzas.

—Esa cabrona no tiene escrúpulos. Yo creo que tiene ayuda de su madre.

—¡Qué dices, Alan! ¿Cómo la va a ayudar su madre? ––intervino Eric envalentonado gracias al empuje de los grados del sexto litro de Estrella Levante.

—Muy fácil, chaval. La madre de Vane trabaja en el banco del pueblo. Con un dni, puede saber qué vida lleva cualquier vecino. Si llegan o no a fin de mes, si tienen a algún familiar en prisión a través de los pagos de peculios, si tienen embargos, si sus negocios van en caída libre, si hay ingresos sospechosos de grandes cantidades de dinero…

—Y los rumores de ella… —quiso añadir Elsa.

—Y los mejores rumores que Vane ha subido a la app son relacionados con la economía de la gente —inquirió Alan, captando la atención de sus tres amigos.

De repente sonó una alerta en los teléfonos móviles. Ese sonido era característico. Cada vez que algún usuario de la app *Cotillapp* aportaba un nuevo rumor, por geolocalización se ordenaba y enviaba un aviso a los demás usuarios registrados dentro del radio kilométrico de ese rumor. Como un resorte, los cuatro se apresuraron en descubrir de qué se trataba.

—¡Joooooooooder, los administradores le han borrado bien el rostro pero se ve claramente que este es el Juli.

—Lo han pillado, pero bien pillado. En la foto se ve cómo está pasando polen en el parque. Parecía tontito, ¡pues mira el tonto cómo vende! —exclamó Olivia, que se asemejaba a Eric en su relación con la Estrella Levante.

—Esta foto se la han tenido que hacer desde el bloque de pisos que hay frente al parque. Por el ángulo y la altura… Veremos a ver si *manguito88* es descubierto. Hay que tener mucho cuidado cuando se está grabando o echando una foto —explicó Eric— ¡Si pillo yo a uno subiendo un rumor mío le reviento la cabeza!

—¡Me cago en la puta! ¡Tengo una idea! —pegó un brinco del sofá Elsa. Su perfecto culo se agitó como si del mejor *twerking* se tratase —. Esa es la clave, Eric. Tú lo acabas de decir.

—¿Reventar las cabezas de la gente?

—¡Noooo! En todo caso, hacer que mi cabeza parezca reventada por ti.

Alan, Olivia y Eric dejaron de mirar sus teléfonos y, asombrados, apartaron de Elsa su vaso de cerveza para que no bebiera más alcohol.

—Tía, estás más colgada que las tetas de mi abuela.

—No estoy colgada, sé lo que digo. Escuchad, cada vez es más difícil ser el autor que pille un cotilleo de los buenos y, por otro lado, la gente está muy desconfiada y pendiente de todo aquel que lleve un teléfono en la mano… ––Elsa hizo una pausa aposta en su discurso.

—¿Y? —levantó de manera coordinada sus hombros Olivia.

En ese momento, la puerta del chalet se abrió y entraron los padres de Alan, un matrimonio joven en aspecto y en mentalidad. Caían bien; derrochaban carisma y estilo.

13

—Hola chicos, ¿qué tal? Ya veo que estáis jugando al dominó —señaló Pablo con ironía la fila de litros de cerveza vacíos sobre la mesa.

—No, papá. Hemos estado bebiendo más personas; lo que pasa es que se han marchado algunos amigos a sus casas —justificó Alan.

—¡Ay hijo, a tus veinticinco años, sigues mirando hacia abajo y tocándote el pelo cada vez que mientes! —acompañó a su marido en la ironía Marioli.

—Huevo, ¿no sabes aún que los litros más frescos están en el botellero del sótano? Cogedlos de allí, pero continuar vuestra reunión en la casa de invitados. Tu madre y yo queremos estar tranquilos aquí.

—¡Tío, tus padres son la caña! —exclamó el desinhibido Eric, una vez en el jardín, provocando risas en Olivia y Elsa y cierto rubor en Alan.

Pablo y Marioli tenían una de las mejores casas de Llano de Brujas. Ambos se casaron jóvenes al quedarse embarazada Marioli con 18 años. Pablo pronto se hizo cargo de los negocios de su padre, abuelo de Alan, convirtiéndose hoy día en el empresario más fuerte del pueblo.

Los chicos atravesaron, como Alicia en el País de las Maravillas, el césped de la zona de la piscina pisando el camino de baldosas de piedra blanca. Entre palmeras les esperaba una casita de madera muy coqueta con un cenador que invitaba a seguir la velada cómodamente. Olivia siempre decía que ese jardín valía más que su casa entera.

—Se me han olvidado las patatas fritas.

—¡Voy yo! —dijo Elsa saltando, de vuelta, entre las baldosas blancas. Eric y Alan la despedían sonrientes comprobando que sus nalgas se movían coordinadas con sus grandes pechos en cada salto.

Pronto llegó a la casa. Elsa entró, a través de la puerta corredera de la cocina, al salón para recoger las diferentes bolsas de snacks. Pudo distinguir a Pablo en penumbra, de pie tomando una copa de un Vega Sicilia Especial. En el piso de arriba se escuchaban los tacones de Marioli.

—Uy, ¡qué susto! Venía a por las patatas.

—¿Tan feo soy? Toma Elsa, ¿necesitas algo más? —coqueteó el padre de Alan arrojándole un guiño.

—No, muchas gracias.

Cuando Elsa extendió su brazo para coger los snacks que Pablo le estaba ofreciendo, notó el roce de sus dedos sobre el dorso de la mano. Ese hecho no fue casual –pensó–.

Se apresuró en volver con sus amigos. El padre de Alan había conseguido ponerla nerviosa, pero esa alteración le gustó. Pablo era un tipo atractivo, con éxito. Sacaba tiempo para machacarse en el gimnasio y cuidar su aspecto. Atrás no se quedaba Marioli, aunque alguna ayuda la obtuvo a través del botox y la silicona.

—¡Venga tía, cuéntanos cuál es esa idea loca que se te ha ocurrido! —exclamó Olivia al ver llegar de vuelta a su amiga.

Se sentaron en unos anchos sillones de teka que se encontraban bajo el porche de la casita de madera. Extendieron sobre la mesa todas sus armas de destrucción masiva y se dispusieron a continuar la velada bajo unas lucecitas de led que brillaban en la oscuridad del jardín.

Eric abrió otro litro de cerveza. El alcohol ingerido acrecentaba su imagen de canalla. Era un tío gracioso y chulesco, a partes iguales.

—Ey tío, tu padre llevaba razón. Estos litros están frescos, muy frescos. ¡De puta madre!

—¡Fresco eres tú! Al final os tendréis que quedar a dormir en mi casa. No estáis para conducir.

—Yo no puedo quedarme a dormir, tengo que volver a casa —terció Olivia—. Mañana temprano tengo que acompañar a mi madre al médico. No bebo más, y tú tampoco deberías seguir bebiendo, tía —se recolocaba sus redondas gafas, a la vez que fruncía el ceño.

—Yo estoy perfecta ¡Además no conduzco, conduces tú! Pásame un vaso, Eric. —alzó su mano Elsa al ritmo de la música que sonaba en la radio.

Olivia no podía remediar tener cierto recelo hacia su amiga. Elsa era un bellezón. Tenía éxito con los chicos, su lista de conquistas era kilométrica. Incluso Alan y Eric, en diferentes épocas, habían sido rollitos de Elsa. Ahora, los cuatros eran buenos amigos, sin más.

—Volviendo al tema, chicos. Sé lo que tenemos que hacer para triunfar en *Cotillapp*.

—Sí, creo que la cosa iba por reventar cabezas —bromeó Alan a Elsa.

—Cada vez hay menos cotilleos jugosos. Cada vez es más difícil no ser descubierto grabando un rumor. La competencia es alta —razonaba Elsa—. Hasta entonces nos ha ido bien porque llevamos la estrategia de trabajar en equipo para atrapar un rumor, ¿no? Pues en adelante vamos a trabajar en equipo para crear los rumores y hacerlos nuestros.

Tras cuatro segundos de silencio, este se rompió —El primer rumor será descubrir tu camello, porque estás loca —satirizó Eric dando un buen trago a su cerveza.

—No, espera. No es locura lo que dice —interfirió Alan, mostrando interés a la propuesta de su amiga —. Lo que sugieres es hacer una especie de montaje inventado y teatralizarlo.

—Algo así, y para que la gente nunca dude de nosotros, los rumores los tenemos que programar de tal manera que nosotros mismos seamos los protagonistas —confirmó Elsa con alegría, al ver que sus amigos empezaban a mirar con otros ojos su propuesta.

—Me gusta, me gusta...

Eric se levantó y alzó su vaso de plástico en gesto de brindis.

—Coño, ¿de dónde salen estas libélulas? —agitaba su brazo Alan para alejar a algunos insectos que volaban sobre ellos.

—No son libélulas, son lampyridaes —corrigió Olivia.

18

—¿Eso qué pijo es?

—Una especie de luciérnagas que brillan muy poco —argumentó Olivia, dando muestras de sus estudios en entomología.

—Bueno, muy bien, pero estamos los tres esperando saber si contamos contigo o no en la nueva propuesta de *Cotillapp* —refunfuñó Elsa.

Olivia cogió su vaso de cerveza y, algo cauta, lo hizo chocar con los otros tres vasos de sus amigos, que esperaban en alto. La cerveza discurría chorreando por los antebrazos de los cuatro jóvenes como señal de acuerdo firmado.

CAPÍTULO 2

Llano de Brujas, 24 de febrero de 2018.

Sábado, 09:35 h.

—Salva, ¿estás listo ya?

—¡Joder, no me metas tanta prisa. Ya voy!

—No grites, está Eric durmiendo —corrigió Mari Carmen—. Anoche se recogió tarde.

—Angelito…Sí, mejor me visto en la calle para no hacer ruido. No vaya a ser que se despierte… —ironizaba su padre —. Tiene 24 años, Mari Carmen. Sigues tratándolo como si usara pañales cuando ahora usa *aftershave* y Durex.

—¿Qué tiene que ver eso? Es responsable en su trabajo. ¿Qué problema tienes con que se divierta con sus amigos, si luego responde a sus obligaciones? —contraatacó a su marido.

—Anda, vámonos. Tengamos la fiesta en paz.

Salvador Barceló se dirigió a la puerta de su casa, terminándose de apretar el cinturón de su pantalón. Su esposa, Mari Carmen Alfocea, lo seguía de cerca haciendo muecas imitando la actitud protestona de su marido. Ambos salieron de casa sin intención alguna de dejar por zanjada la discusión.

—Tu hijo vive en un hotel. No tiene obligaciones con su familia. ¡No colabora en casa en nada!

—Es joven, Salvador. Todos los muchachos de su edad están igual, hijo mío. ¿Tú recuerdas tus veinte años?

—¡Claro que me acuerdo! La que parece que no lo recuerda eres tú. Yo con su edad tenía hipoteca y tú estabas embarazada de él —aclaró Salvador—. Trabajaba en el campo.

—¿Perdona? Trabajabas con mi padre, en el campo. Al quedarme por sorpresa embarazada, mi padre te dio trabajo en el campo y, siendo él el jefe, te ponía a controlar y contar las cajas de limones recogidas ¡Tú no sabes lo que es contar un limón! El piso que teníamos era de mi abuela y la hipoteca que mencionas era un simbólico y cómodo alquiler que le pagábamos.

—¡Mari Carmen, no me toques los huevos, eh!

—Menudas fiestas te pegabas cuando cobrabas. Y yo mientras en casa con el niño. ¡Siempre estás con tu hijo igual! Le aprietas mucho.

—Siempre tiene líos, siempre tenemos historias con él. ¡Tiene que centrarse! Dejarse las tonterías y las ocurrencias que se le pasan por esa cabeza.

—Todos hemos hecho tonterías, Salva. Después del trabajo, siempre está con sus mismos amigos —recordó Mari Carmen—. No son malos chavales…

—Pues tienen algo que no me gusta. No sé el qué. A Elsa la veo muy fresca, está alocada esa chica. La tal Olivia es rarita, una friki. Viste rara y hace comentarios fuera de lugar. Y a Alan parece que le falta algo. Parece como si estuviera fumao; si no fuera porque lo conozco desde que era un crío pensaría que se droga a diario.

—Van juntos desde el colegio, son buenos chicos. Salen de fiesta, se emborrachan, su fumarán algún porrete y poco más. Pero no se meten en líos, ni peleas —argumentó su esposa con tono firme.

—Bueno, ya hemos llegado al mercado. ¿Vas a empezar por los puestos de fruta? Quiero ir mientras a la ferretería.

Salvador y Mari Carmen, padres de Eric, eran vecinos de Llano de Brujas de toda la vida. Vivían en un dúplex. Tenían dos hijos, Eric y el pequeño Pedro de 8 años. Salvador y su hijo Eric trabajaban para Pablo Morales, padre de Alan. Era una gran empresa multiservicio, afincada también en el pueblo. Salvador era fontanero y Eric era técnico en control de plagas. Realmente, muchos vecinos de Llano de Brujas trabajaban en ConstrucServices.

Eric se revolvía entre la funda nórdica de su cama como una pitón protegiendo a sus crías. Su teléfono móvil no paraba de sonar.

—¿Qué quieres, cabronazo? Para un puto sábado libre que me da tu padre, vienes tú a despertarme —vociferó, aún con los ojos cerrados.

—Tenemos que vernos ahora. Juntarnos los cuatros y empezar ya con nuestra idea de *Cotillapp*.

—Espera, espera. Relájate, Alan. Cuando me levante, quiero ir un rato al gimnasio y luego ya veremos ¡No me calientes la cabeza, tío!

—A las 12:30h he quedado con las chicas en el Evolution, nos tomamos unos quintos y hablamos —sentenció Alan.

—Que no, que no. Si quieres quedamos más tarde y…¡Será hijo puta! ¡Me ha colgado!

La plaza mayor del pueblo era un sitio muy concurrido, y los sábados por la mañana aún más. Decenas de puestos ambulantes se congregaban estrictamente alineados. El día había amanecido con tímidos rayos de sol. Al parecer, los melones y las sandías eran protagonistas; aunque no había que perder de vista la oferta de calcetines y el 3x2 en fundas para el móvil. Lo que sin duda hacía especial al mercado de Llano de Brujas era la convergencia de sus vecinos en esa zona. Era típico encontrarse con vecinos para charlar, tomar un café o incluso comer en los bares circundantes; siempre tras haber hecho una buena compra de verduras, fruta o ropa.

—¡Pepi!, ¿cómo estás?

—Hola Mari Carmen. Bien, hay que aprovechar que aún queda algo de dinero de la pensión para hacer algunas compras. Dentro de unos días, ¡no tengo un duro!

—¿Te has quedado en paro otra vez?

—Sí hija sí, están las cosas difíciles, y encima Olivia estudiando. Solo tengo la pensión de viudedad y, de vez en cuando, me llaman para limpiar algunos locales.

—¿No has probado a echar tu curriculum en la empresa de Pablo Morales? Lleva la limpieza de varios institutos y oficinas de Murcia —aconsejó la madre de Eric, ciertamente contrariada por la situación de su vecina.

En ese momento llegó Salvador —Hola vecina, vamos a tomarnos unas marineras al bar.

—Te lo agradezco Salva, pero tengo que limpiar la casa aún y hacer la comida —contestó Pepi. Realmente le daba apuros que la invitaran siempre o que se compadecieran por su situación económica.

—¡La casa…! si no se limpia ahora se limpiará más tarde. Anda, vamos a tomarnos algo. Son las doce y media y toca almorzar —insistió y convenció Mari Carmen—. Además, mira por donde va tu hija, mi hijo y los amigos.

—¡Eric! ¿Dónde vais? —preguntó Salvador.

—Al Evolution. Vamos a tomar algo.

—Pero, ¿comes en casa? —inquirió Mari Carmen.

—Ni idea, no sé. A ver estos qué dicen —respondió Eric aún con cara de dormido.

Salvador, Mari Carmen y Pepi se sentaron en una de las mesas de la terraza del bar Alhama. El resto de mesas las acaparaban un grupo de ciclistas que acostumbraban hacer una escala allí tras una jornada matinal de pedaleos. El gentío, las risas y griterío de niños jugando era la banda sonora habitual de aquel cajón de sastre.

—¡Estos hijos! Viven mejor que quieren…

—Al menos tu Eric está trabajando, pero mi Olivia… está terminando de estudiar entomología. No sé yo qué futuro tiene eso —respondió contrariada Pepi —.Además, como todos los jóvenes, quiere tener ropa nueva, el mejor teléfono móvil, dinero para salir de fiesta. Con mi paga de viudedad y lo poco que gano limpiando es un milagro que yo esté gorda.

—Mi Eric está trabajando, pero no llega a final de mes. En casa no le pedimos nada. Se lo gasta todo en tonterías; no ahorra. Estos chavales de hoy en día no piensan en el futuro, en comprarse un pisito e independizarse.

—Pues Olivia lo tiene claro. Cuando Pepe falleció, se nos quedó la casa pagada y ella no tiene intención de comprarse otro piso.

En ese momento, entraron al bar los padres de Alan. Venían con ropa deportiva de realizar alguna de sus típicas caminatas de fines de semana.

—¡Hola, buenos días!

—Buenos días Pablo, hola Marioli ¿venís del camino de la acequia? —preguntó Salvador gentilmente a su jefe.

—No, hoy hemos preferido ir por la mota del río. Ha hecho una temperatura de escándalo.

—¿Queréis un quinto? —intervino Mari Carmen.

—Te lo agradezco, pero he quedado con una persona. En otra ocasión, muchas gracias.

El matrimonio se sentó en una de las mesas de dentro del bar a la vez que saludaban a más gente del pueblo. Mari Carmen se percató de que Pepi, en todo momento, permaneció con la vista perdida y sin abrir la boca. Parecía incómoda.

Por otro lado, a 100 metros de allí, chachareaban los cuatro amigos en el Evolution: un café pub concurrido por jóvenes de Llano de Brujas. Contrastaban diametralmente la decoración de ambos locales hosteleros. Este estaba lleno de pantallas de televisión, mesas con cargadores de teléfonos integrados. En su interior, era muy significativo su ambientador de sándalo. Metal, negro y dorado eran los colores de todo el mobiliario que vestía el local. La terraza estaba llena de burbujas que hacían función de pérgolas. En el interior de cada burbuja había dos mesas, ocho sillas y un altavoz bluetooth donde los clientes ponían su música preferida a través de listas de Spotify. En resumen, un local por y para jóvenes.

—Estamos perdiendo reputación. Hay otros usuarios que están escalando puestos. Hemos bajado al quinto puesto en la general de Murcia —razonó Alan en tono tedioso.

—Nos estamos relajando, es cierto —replicó Olivia.

—Creo que debemos comenzar el plan que os conté la otra noche en casa de Alan.

—Está claro que sí, Elsa. El problema es ¿qué rumor difundimos entre alguno de nosotros? Es vital que nadie dude de que estamos detrás de todo esto.

—Tiene que ser algo fresco, nuevo. La gente está algo trillada ya de infidelidades, trapicheos y cosas así. Además, tenemos que transformar luego el rumor en un hecho, con pruebas para que la app nos dé más valor —aclaró Elsa.

—Acho, ¿es que no piensas hablar, Eric?

—Estoy aburriéndome de vuestra verborrea. Escuchad al jefe ahora —chuleó Eric a sus amigos—. Vamos a empezar contigo, Olivia.

—Joder, ¿y por qué conmigo?

—Porque esta mañana el cabrón de Alan me ha despertado y estaba teniendo un sueño que, al despertarme, me ha dado la solución a nuestro problema. Y la persona idónea para que le difundamos ese rumor eres tú, sin duda.

—Explícate —ordenó Alan con suma curiosidad.

—Vale, pero antes pide otro cubo de quintos. Estoy seco y me lo merezco.

—¡Ahora lo pido, hostia! Pero empieza —berreó Olivia.

—De pequeña, en el colegio, ¿qué mote tenías, Olivia?

—¡La escarabajo! —respondieron Elsa y Alan al unísono.

—La entomología, ¿qué es? —insistió Eric.

—Lo sabes de sobra, el estudio científico de los insectos —terció Olivia.

—Desde pequeña estás obsesionada con los bichos. Pues bien, tu rumor será que te alimentas de bichos —

sentenció Eric—. Tanto te apasionan que disfrutas comiéndotelos.

—Ni hablar. Estás loco, tío —reprendió Olivia.

Alan y Elsa guardaron pensativos madurando la idea de Eric. Mientras tanto, éste seguía argumentando su alegato.

—Es buenísimo. Decimos que tienes en tu casa un criadero de especies, algunas incluso exóticas. Te sirven para estudiarlas, pero también te dedicas a la cría de insectos porque te alimentas de ellos. Cuanto más feo y gordo sea el insecto mejor.

—Es asqueroso. Verdaderamente asqueroso y ¡bueno!

—¿Lo dices en serio, Elsa? —empezó a preocuparse Olivia al ver al resto de sus amigos estar de acuerdo con Eric.

—Te pillamos unas fotos durmiendo con cucarachas alrededor tuya, jugueteando con algún alacrán y, por último, comiéndote insectos —prosiguió Eric.

—¡En la vida haría daño a un animal! Además, en mi sector se me cerrarían muchas puertas si me vieran tratando así a los insectos —justificó Olivia, cada vez más enfadada.

—Nadie va a matar a un bicho. Es cierto que puedes sacar insectos de tu universidad. De hecho, lo haces a menudo para algunos estudios de campo.

—Sí Alan, pero no sé. No estoy convencida.

—Todo el mundo sabe de tu afición por los insectos. Sería la bomba. Será un efecto efervescente. Subiremos como la espuma, pero estoy seguro que no dará para mucho más ese rumor. Poco a poco la gente olvidará tu historia, pero nos habrá servido para colocarnos en lo más alto rápidamente.

—¡Que no! No me voy a comer ningún insecto.

—No hace falta que te los comas. Sé cómo podemos hacerlo.

—Estáis muy locos —negaba con la cabeza Olivia.

—La gente saturará el botón de *like* para ver el video final. El lunes tienes que sacar de la universidad los insectos más feo que tengas.

—Entonces, ¿qué? ¿Lo hacemos? —Eric alzó la mano que sujetaba un quinto de cerveza.

No tardaron ni dos segundos en imitar tal gesto Alan y Elsa, provocando un repiqueteo del cristal de los botellines. Los tres esperaban expectantes.

—Preparaos para cuando os toque vuestro rumor… —alzó Olivia su cerveza como la que cruza la línea de meta de una maratón.

—¡La escarabajo está de vuelta! —gritó Elsa. El resto reían a carcajadas contrastando con una mirada tímida e insegura de Olivia.

CAPÍTULO 3

Tal y como planearon, el lunes empezó a extenderse el rumor por la app. Los cuatro amigos fueron enriqueciendo el rumor con comentarios y alguna que otra foto, donde se veía a Olivia besando orugas en un parque y descansando en su cama con cucarachas por su cuerpo. Dos días después, la gente enloquecía.

Los comentarios y el foro ardían. Nadie podía dudar de que ese rumor era difundido por los amigos de Olivia. La identidad del usuario creado en la app *Cotillap* permanecía completamente secreta. La reputación aumentó exponencialmente.

—¿Habéis visto el nuevo rumor que ha subido *MurcianikoStyle*? Es muy bueno también, eh.

—Es la hostia. Tiene bastantes más *likes* que el nuestro—contestó Elsa a Eric.

—Ya, pero no lo digo por eso. Lo digo porque el cabrón, sea bueno, malo o regular, no para de subir rumores. Nos sigue de cerca en la clasificación.

—¡En la vida me imaginaría que los padres del Claudia eran primos-hermanos!

—¿Cómo cojones habrán conseguido esas pruebas? ––intervino Olivia —. Tenemos que ir pensando en otro nuevo rumor.

—Si, pero antes vamos a dar el golpe maestro con el tuyo —intercedió Eric —. ¿Lo tenemos claro no?

—Por favor, no les hagáis daño. Un video de unos segundos y con mucho cuidado. ¡Os lo pido por favor! —rogó Olivia, que empezaba a dudar seriamente de si había hecho lo correcto en aceptar tal propuesta.

—¡Que sí, pesada! —recriminó Elsa.

—Tranquila, Olivia. Se hará como dijimos —Alan lanzó una sonrisa solidaria.

Las dos chicas se despidieron de sus amigos y se montaron en el coche, rumbo al gimnasio. Eran las 18:00h, a esa hora el gimnasio empezaba a llenarse de socios. Elsa acostumbraba a ir cuatro días a la semana a machacarse los glúteos, muslos y vientre. Llevaba tres meses con la misma rutina específica y los resultados eran más que evidentes. Olivia era más guapa que Elsa pero mucho menos coqueta. Además tenía un poco de sobrepeso. Su amiga procuraba aconsejarla en cómo maquillarse y ser menos descuidada en su imagen. La había convencido en que hiciera deporte, junto a ella.

Una vez dentro del gimnasio, Elsa se quedó galanteando con un chaval cuya musculatura parecía un camión blindado de mercancía valiosa.

—Cariño, ahora te alcanzo. Ve cambiándote, que la clase de spinning empieza en breve —sugirió Elsa a su amiga Olivia.

—Perdona que os interrumpa —una voz separó el flirteo entre Elsa y el chico —. ¿Es muy duro el nuevo monitor de Spinning?

—¡Hombre, Pablo! No sabía que estabas apuntado a este gimnasio —contestó Elsa al padre de Alan.

—Hace mucho tiempo que no entrenaba aquí, los últimos años iba a otro centro deportivo en Murcia. He pensado que hay que fomentar los negocios del pueblo, y aquí estoy.

Pablo acaparó la atención de Elsa de tal manera que los músculos blindados del joven ahora parecía un camión de *Playmobil*. Este terminó por marcharse a hacer sentadillas.

Olivia seguía con el plan establecido. Se cambió de ropa, colocó la mochila en su taquilla y dejó el candado abierto. Al ver que Elsa se retrasaba, comenzó a ponerse nerviosa. Miraba el reloj y estaba a punto de empezar la clase. Las últimas chicas rezagadas se apresuraban en salir del vestuario. Olivia decidió salir también. Justo en la puerta, se cruzó con Elsa, que reía de algún comentario lanzado por Pablo. Las pupilas de Olivia chocaron con las de su amiga por un momento, sintiendo un frío sepulcral en sus entrañas. Olivia salió y entró en la sala de Spinning.

Elsa se cercioró de estar sola en el vestuario. Tenía poco tiempo. Debía actuar rápido y no levantar sospechas. Se escurrió a hurtadillas frente a la taquilla de Olivia y sacó el teléfono móvil. Comprobó que el candado no estaba cerrado del todo, como habían planeado. En silencio, comenzó a grabar.

Abrió lentamente la puerta de la taquilla con una mano mientras la otra sostenía su smartphone. Introdujo la mano sobre la mochila de Olivia y abrió con sigilo la cremallera. Cuidó de enfocar mejor la escena. Rebuscó y encontró un *tupperware* con algo envuelto en papel aluminio. Aumentó el zoom. Paso a paso, comenzó a abrir el envoltorio hasta descubrir un sándwich. Las rebanadas de pan sin corteza parecían vibrar. Elsa puso de perfil el sándwich para ver su interior, dejando ver decenas de gusanos blancos y amarillentos reptar y rotar. Aumentó el zoom, a sabiendas del morbo y asco que despertaría su visionado. Estaba disfrutando del momento. Pensaba en el golpe de efecto que provocaría ese video en *Cotillapp*. Obnubilada por la emoción, quiso más espectáculo. Acercó su teléfono a la rebanada de pan y apretó su mano. Varias eclosiones fundieron de color gris, verdoso y amarillo el sándwich. La grabación no podía registrar la pestilencia a descompuesto que había ambientado la escena. La viscosidad generada por el aplastamiento de algunas larvas salpicó el objetivo de la cámara del teléfono de Elsa, poniendo un broche estelar al repulsivo video.

Colocó todo como estaba y cerró el candado de la taquilla. Se ajustó las mallas y el top frente al espejo, no sin antes atusarse el pelo para salir corriendo a la clase de Spinning.

Dos horas más tardes, de nuevo en Evolution convergieron los cuatro, pero ahora no tan amigos.

—¡No pienso seguir con esta mierda, me habéis jodido! —exponía Olivia exaltada.

—Tía, no exageres. Eran unos simples gusanos —intentó justificar Elsa—. En toda guerra hay daños colaterales.

—¡Vete a la puta mierda, desgraciada! Dije que no se podía dañar a ningún animal. No me habéis respetado.

—Ya te ha dicho que se le escurrió el sándwich y que, al intentar que no se cayeran los gusanos, apretó sin querer la mano… —intentó justificar Alan, sabiendo que no llegaría a buen puerto.

—¡Y una mierda! Iros a tomar por culo. Dejadme en paz. ¡Me voy!

Tras unos segundos en silencio viendo como su amiga se marchaba a paso ligero hacia su casa, Eric, Elsa y Alan sacaron su teléfono móvil tras oír una alerta. Como zombis, apenas parpadeaban ni respondían a estímulos. Solo movilizaban el dedo pulgar sobre la pantalla.

—¡Toma! ¡Más de 2000 *likes* en una hora! —Eric comentó entusiasmado—. Ya somos líderes de nuevo. ¿Quién se lo dice a Olivia?

CAPÍTULO 4

Llano de Brujas, 12 de mayo de 2003.

Lunes, 14:05 h.

«Es preciosa esta mariposa» me digo mientras la observo apoyada sobre le reja de la puerta de mi colegio.

«Hoy está haciendo mucho calor y las chicharras no paran de cantar. Seguro que esta noche encuentro varios grillos cerca de casa.» Me dirijo pensativa hacia la puerta de salida de mi cole. «A ver qué ha preparado mamá para comer. No tengo mucha hambre.»

Menuda sorpresa me encuentro al salir.

—¡Papá! —le grito al ver su furgoneta de trabajo blanca con el rótulo ConstrucService en grande.

Mi padre nunca puede recogerme del cole porque siempre está trabajando. Hoy parece una excepción.

—Hola cariño, ¿cómo te ha ido hoy en clase? Ya mismo pasarás al instituto; ¡qué mayor te estás haciendo! —me dice mi padre. Noto algo raro en su cara.

Al llegar a casa, observo que mi madre no se sorprende de que mi padre llegue tan pronto en casa. Posiblemente ya lo sabía.

Comemos los tres y noto cierta tensión. Mamá esta seria, apenas habla. Mi padre es quién intenta mantener una conversación y mostrarse animado.

Terminamos pronto de comer y mi madre me manda a mi habitación a hacer los deberes. Noto como le hace una señal a papá para que la siga hacia la cocina. Cierran la puerta.

Me siento intranquila. Algo raro pasa. Parece que mis padres están enfadados. Quiero saber de qué hablan.

Abro despacito la puerta de mi habitación y me deslizo, casi sin respirar, por el pasillo de casa. La puerta de la cocina tiene un cristal translúcido, por lo que no puedo acercarme demasiado ya que verían mi silueta.

Por suerte, recuerdo que desde el aseo puedo oír mejor la conversación pegando mi oreja a la pared.

Mi madre es muy lista. Ha encendido la radio, pero logro oír algo.

—Tienes que ir. Nos vendrá bien ese dinero. —decía mi madre irritada.

—No lo tengo claro. Es muy lejos y, aunque parezca que es buen dinero, no está bien pagado. Pablo se aprovecha de mí siempre, hace conmigo lo que quiere y estoy harto. ¿No me entiendes? —decía mi padre en tono conciliador.

—Estoy cansada ya del mismo tema. Estamos pasando un momento jodido. Son dos meses nada más y con lo que ganarías nos podríamos quitar una de las tarjetas de crédito que debemos. ¡Solo piensas en ti!—aumentaba la voz mi madre.

Están discutiendo sobre el trabajo de mi padre. Es encargado de obras de una empresa de Llano de Brujas. El hijo de su jefe va a mi clase, se llama Alan y es mi amigo.

No me gusta cuando discuten. Decido volver a mi habitación, en silencio. No tengo ganas de hacer deberes, prefiero coger el tomo once de la enciclopedia universal. Es donde se explica los insectos.

CAPÍTULO 5

Cruce de Llano de Brujas y Puente Tocinos, 8 de marzo de 2018.

Jueves, 20:12 h.

—Elsa, llevo sin ver a Olivia contigo más de una semana. ¿Estáis enfadadas otra vez? ¿Os ha pasado algo? —preguntó Lidia.

—Nada, mamá. Está de exámenes y trabajos en la universidad. No te preocupes, estamos bien.

—¿Seguro?

—Sí, seguro.

Pero realmente sí ocurría. Olivia, desde lo sucedido en el gimnasio, no atendía a llamadas de sus amigos. De hecho, apenas salía de casa. La gente la miraba como un bicho raro y, aunque su madre insistió en poner el caso en manos de abogados, Olivia prefirió dejarlo pasar y centrarse en sus estudios. Se refugió en un ligero acercamiento generoso de algunos compañeros de universidad.

Elsa mostraba arrepentimiento de lo ocurrido a Eric y Alan, pero ni ella misma podía dar explicación a la falta de empatía que sentía sobre Olivia.

—Oye, ¿me dejas tu falda de cuadros mañana? —preguntó Elsa a su hermana.

—¿Estás loca? Te has puesto más gorda y me la vas a reventar.

—¿Qué dices, gilipollas? No he engordado nada. Estoy más tonificada. Si no me la quieres dejar dilo, pero no escupas tonterías —respondió alterada Elsa a su hermana Carla—. Por cierto, deberías hacer ejercicio. Para dieciséis años que tienes, te veo las carnes algo flácidas; y el pecho lo tienes caído.

—¡Calla, asquerosa! Te corroe la sangre cuando me arreglo y ves que los tíos se fijan más en mí que en ti, a pesar de mis dieciséis añazos.

—¿Qué coño pasa aquí? ¿Ya estamos otra vez? —entró Antonio en la habitación de sus hijas al escuchar tanto jaleo.

—Yo solo le he pedido una falda y ha empezado a meterse conmigo.

—¡Mentira! Lo que pasa es que esa falda me está a mi ajustada; imagínate cómo le puede estar a ella, que ha echado un culo de granito con tanto gimnasio… —Carla disparó fuego a discreción.

—Te gustaría tener mi culo, ¿eh? Estás envidiosa.

—¡Vale ya! —apareció Lidia, madre de ambas, dando un golpe seco sobre la puerta de pino maciza —. ¡No os aguanto! ¡Siempre estáis discutiendo! Tenéis de todo y no os ponéis nunca en el lugar de tu padre y mío. Estamos agotados trabajando. ¡Llegamos a casa y nos encontramos siempre el mismo panorama!

—Tranquila cari. Vente, déjalas —Antonio bajó el tono de voz al notar a su mujer excesivamente nerviosa. Prefirió apartarla de allí. El negocio no estaba pasando por su mejor momento y el matrimonio vivía una situación de estrés tan asfixiante como un *waterboarding* en un interrogatorio.

Antonio y Lidia, tras varios años viviendo en Chile por motivos laborales, volvieron a España hace quince años. Vendieron una vieja casa heredada e invirtieron sus vidas en un nuevo piso entre Llano de Brujas y Puente Tocinos y en la apertura de un negocio de telefonía móvil y servicio técnico. Al principio el negocio adquirió una dimensión desmesurada, pero las grandes superficies fueron una competencia brutal, minando la salud financiera del negocio.

El tren de vida que llevaban en tiempos mejores intentaban mantenerlo, al menos de cara a sus dos hijas. Cada vez les resultaba más complicado.

Elsa, a sus veinticuatro años, llevaba más de un año en paro. Esporádicamente trabajaba de relaciones públicas en algún garito de la zona de las tascas. Su exuberante físico le facilitaba la apertura de ciertas puertas. Pero rápidamente se cansaba y terminaba cerrándolas ella misma.

Por otro lado, su hermana Carla parecía un clon de Elsa. A pesar de los ocho años de diferencia, el desarrollo físico de la pequeña de los Rubio-Tornel era notorio. Coqueta, femenina, caprichosa y explosiva eran los ingredientes que Carla recogía de la estela de su hermana mayor. Ambas chocaban continuamente. En alguna ocasión llegaron a las manos. Sus padres estaban desesperados.

—¡Mira, me voy de aquí! Necesito despejarme un rato.

—¿Dónde vas ahora, Elsa?

—Déjala, Lidia. Es mayorcita y tengo ganas de cenar tranquilamente. Ya volverá —. Antonio abrió el frigorífico y sacó dos Coronitas, ofreciéndole una a su mujer.

Elsa pegó un portazo tan fuerte como su hedonismo. Sacó su móvil y alistó a sus amigos a una reunión urgente. Como era obvio, acudieron todos menos Olivia.

—¿Qué pasa, tía? ¿Estás bien? —preguntó Eric sorprendido al ver a su amiga salir a la calle sin maquillarse.

—Pues no, no lo estoy. He tenido otra discusión fuerte con la imbécil de mi hermana. Le odio, me hace la vida imposible.

—Nos tomamos un par de cañas y me voy a casa. Mañana el padre de este me tiene preparado dos locales de quinientos metros para aplicarles las 3D y fumigar. Quiero irme a la cama pronto a descansar —dijo Eric resoplando.

—¿Las 3D?

—Si, desinfección, desinsectación y desratización. Además tengo que medir el Ph y la temperatura del agua para el control de la legionela. Me espera un día guapo —explicó y volvió a centrarse en su amiga—. Chocáis mucho tu hermana y tú.

—Chocáis porque, en el fondo, sois muy parecidas —razonó Alan—. Son tonterías. ¿Qué más da un pintalabios, un cargador de móvil o una falda?

—A ver chato —se revolvió furiosa Elsa hacia Alan—, primero, no somos tan parecidas. Segundo, tú no vives allí para saber lo que estoy sufriendo con ella. Y tercero, ¿cómo sabes que ha sido por una falda? Yo no os he contado nada aún.

Alan, tras unos segundos, se apresuró en explicarse —Yo qué sé. Lo he acertado por casualidad. He dicho que los motivos de vuestras discusiones son por tonterías y, entre ejemplos, he acertado por casualidad.

Elsa quedó callada. Pintalabios, cargador de móvil y falda eran motivos absurdos de sus discusiones, pero habían sido reales entre las dos hermanas.

—Olivia sigue encabezonada, ¿no? Ya le pedimos disculpas. Me parece muy fuerte que decida echar a la mierda tantos años de amistad por esto. Pero allá ella —se resignó Eric, intentando no mostrar lo afectado que realmente estaba por la ausencia de su amiga.

—¡A tomar por culo! Ya vendrá… Solo nos tiene a nosotros, la escarabajo —bufó Elsa.

—Cambiando de tema, pasado mañana es la fiesta de las Brujas en el pueblo. Deberíamos hacer algo gordo ese día.

—Algo gordo como qué —cuestionó Elsa a Alan.

—Me refiero a sacar otro rumor esa noche. Algo que sea increíble, que nos mantenga arriba y nos distancie de nuestros perseguidores.

—¿Tu padre va a poner a disposición de la comisión de fiesta vuestra finca, como todos los años? —sondeó Eric.

—Si, claro. Él abrirá la finca al pueblo, como siempre. La fiesta será allí. ¿Qué se te está pasando por la cabeza, Eric?

—Mira, ahí está Javi "el tarta". No le quita ojo al culo de Elsa.

—Desde que íbamos al instituto, soy su amor platónico. Las pocas veces que he cruzado con él unas palabras, le ha dado un ataque fuerte de tartamudez —aseguró Elsa con cierta expresión egocéntrica.

Eric aguardó callado. Tan solo sus ojos y sonrisa explicaban su idea.

—¡Eres un cabrón, tío! Ya sé cuál será el siguiente rumor —exclamó Alan.

—Pues yo no lo pillo —recalcó Elsa—. ¿Qué es tan gracioso?

—Tranquila, nena. Pronto lo sabrás. ¿Tienes el teléfono de Javi "el tarta"?

CAPÍTULO 6

Finca Los Morales, 10 de junio de 2001.

Domingo, 16:38 h.

Estoy muy contento, ¡qué nervios! Espero que me traigan muchos regalos. Mamá ha invitado a mi cumple a todos mis amigos del cole. Además, vamos a celebrarlo en la Finca que papá compró hace unos días. Tiene piscina, castillo hinchable y mucho césped para jugar. Me encanta.

Mamá está aún más nerviosa que yo. No para de mirar el reloj. No sabe dónde está papá. Escucho el motor del bmw. Creo que ha llegado, ¡por fin!

Voy al encuentro de papá por el jardín, mamá camina muy deprisa. Ha llegado a la puerta de entrada de la finca antes que yo. Decido quedarme sentado en el columpio del árbol. Noto como discuten un poco. Papá aparca el coche y entra en casa sin mirar a mamá. Al poco tiempo, papá vuelve al jardín. Se ha cambiado de ropa y empieza a ayudar a mamá a colocar la merienda sobre las mesas. Mis amigos estarán a punto de llegar. ¡Estoy emocionado!

Me acerco a ellos, me apetecen unas patatas fritas.

—¡Alan, aguanta un poco! Tus amigos están a punto de llegar —mamá me regaña.

Me resigno y saco mi Game Boy Advance. Papá y mamá siguen discutiendo mientras siguen colocando y preparando las mesas de invitados.

—Todavía no entiendo qué necesidad tenías tú de comprar una finca de 10 tahúllas.

—Marioli, es una inversión. No lo entenderás por mucho que te lo explique. Mi amigo Gregorio, director de Banesto, me chivó que salía a subasta. La he conseguido a muy buen precio.

—Te has gastado más de lo que teníamos ahorrado. La empresa será tuya pero aún no eres el gerente. Tu padre sigue en activo. Tienes que ser más cauto. Has arriesgado todo el patrimonio que tenemos. Espero que al menos, el cumpleaños de tu hijo sea inolvidable —suspiró Marioli.

—Este inmueble se pagará solo. ¿Ves todas esas cabañas de madera que hay en aquella ladera? ¡Pienso hacer un camping bestial! Acondicionaré toda esta parte, lo parcelaré. Meteré caballos y ponys…Lo tengo todo en esta cabecita que tú crees que es de cartón.

¡Empiezan a venir mis amigos acompañados de sus padres!

Nos lo estamos pasando súper bien. Aquí hay mucho espacio para correr, jugar al escondite o a la búsqueda del tesoro. Los padres también se lo pasan pipa. Ríen, beben, bailan y charlan animosamente. ¡No quiero que mi fiesta termine!

Se ha hecho de noche y no se ha marchado nadie. Mis amigos y yo estamos un poquito cansados de correr y bañarnos en la piscina. Algunos han comenzado a sentarse o jugar a otros juegos más parados. Los padres han decidido continuar con una barbacoa para cenar. Escucho a mi padre decir que va a comprar varias botellas más. Se va en su coche con el papá de Eric y con el papá de Olivia.

Mamá baila con otras madres en la zona de la barra bar. Se vuelven locas con las canciones de Upa Dance.

Estoy cansadito. Se han ido algunos de mis amigos ya, pero quedan muchos otros. Algunos tienen sueño. Sus padres quieren seguir en la fiesta y papá ha tenido una buenísima idea; abrir algunas de las cabañas para que se puedan echar a dormir mis amigos. La finca es muy grande y hay zonas poco iluminadas. Me da miedo la oscuridad.

—Estoy cansado, mamá.

—Cariño, acuéstate en las cabañas con tus amigos. Has tenido muchas emociones hoy y has jugado mucho, Alan —mamá me besa en la frente y manda a papá a llevarme a una de las cabañas a dormir.

Antes de irme, le pido a papá una linterna de Spiderman que me han regalado. La Finca parece un bosque encantado de noche. Hay que andar un rato. Llegamos a la ladera y papá saca un manojo de llaves. Abre la cabaña 4. En ella está durmiendo Javi y Raúl. Quedan libre dos camas. Me ayuda a quitarme la camiseta y el pantalón corto porque hace calor y me acuesto.

Un ruido y risas me sobrecogen. Me despierto exaltado. Reconozco su voz y pronto me doy cuenta que se acerca papá a mi cabaña. Está hablando con alguien más. Escucho abrir la puerta de la cabaña y me da vergüenza de que Olivia y su mamá me vean en calzoncillos. Me hago el dormido. Pepi acuesta a mi amiga Olivia en la cama libre que queda. Ella está adormecida. Entreabro los ojos un poquito, no quiero que descubran que estoy despierto. Se marchan papá y Pepi.

Tengo calor, estoy sudando y ahora no consigo dormir. Noto que me hago pis. Recuerdo, por suerte, que me traje una linterna. Salgo de la cabaña sin hacer ruido y me dirijo a una arboleda oscura que hay cerca. Enciendo la linterna y me pongo a hacer pipí. Escucho algo. Está oscuro y mi linterna no es muy buena. Vuelvo a oír algo. No sé qué es. Tengo claro que debo volver lo antes posible a la cabaña.

Doy dos rápidas zancadas para salir corriendo de la arboleda. Alumbro a un árbol que está lejos. La poca luz de mi linterna me permite adivinar, entre la oscuridad, a papá recostado sobre un árbol y a la mamá de Olivia agachada.

Papá me ve y se agacha rápidamente junto a Pepi. Estoy mucho más tranquilo, es papá. Cuando estoy acercándome a ellos, creo que están buscando algo.

—Hola hijo. ¿Qué haces aquí?

—Salí a hacer pis.

—¡Mira, aquí están! —Papá se agacha en la oscuridad de la arboleda y levanta la mano, enseñando el manojo de llaves—. Se me habían caído y no las encontrábamos. ¡Menos mal!

Me acompañan a la cabaña. « ¡Muchas emociones para un solo día! » me digo a mí mismo y decido cerrar los ojos y dormir tranquilamente.

CAPÍTULO 7

Sábado, 19:47 h.

Eran las fiestas locales de Llano de Brujas y el ambiente festivo se apreciaba perfectamente por la tradicional macrofiesta celebrada en la Finca de los padres de Alan, que la cedían por completo para dicho evento. Todo el pueblo se congregaba allí. Cada año mejoraba al anterior. La comisión de fiestas programaba una agenda de actividades lúdicas muy buena durante todo el día, que terminaba con un concierto por la noche.

Concursos, exhibiciones, cañón de espuma, bailes, toboganes de agua, arroces, barbacoas y un sinfín de actividades hacían las delicias de adultos y pequeños.

Durante un tiempo, esa Finca estuvo funcionando como camping. Pablo Morales invirtió muchísimo dinero en acondicionar con mimo aquel espacio natural. Hoy día es para uso personal y para grandes eventos. Alguna que otra propuesta de compra tuvo Pablo, pero fue tajante en no venderla.

Alan conversaba con Eric mientras paseaban por la Finca. La gente hacía pequeños corillos por las diferentes explanadas. Se acomodaban como panales de abejas.

—¿Te has dado cuenta? Olivia está ahí detrás de los huertos junto a algunos compañeros de clase —constató Alan—. Seguro que nos ha visto y se ha hecho la loca.

—Allá ella, pero déjate eso ahora y centrémonos. Elsa debería estar ya aquí.

—Hola chicos, ¿lo estáis pasando bien? —apareció Mari Carmen con dos vasos de tinto de verano.

—Hola mamá. Precisamente, le estaba diciendo a Alan lo generoso que son sus padres cediendo, cada año, su Finca al pueblo.

—Ya lo creo…No os paséis con la bebida y disfrutad —se despidió Mari Carmen dando muestras de no ser un buen ejemplo de lo que había aconsejado.

—Tu madre va un poco doblá.

—Te arranco la cabeza si dices algo de mi madre, capullo.

—Ey, tranquilo Eric. ¡Sabes que miro a tu madre cómo si fuera la mía! Mira, por ahí llega Elsa y su ligue.

—¡Ya era hora! Hemos cogido mesa cerca del concierto de esta noche —comentó Eric.

—Perdonad chicos. Un pequeño imprevisto nos ha retrasado un poco —contestó Elsa. Su cara era un poema.

—Ha-a-a-a sido cul-culpa mía. Mi-mi madre no me dejaba salir si no sacaba al pe-pe, al pe-pe, al perro —aclaró Javi con evidente esfuerzo para hacerse entender.

—No te preocupes, tío. ¡Vamos a divertirnos!

—Javi, ¿por qué no te acercas allí y nos traes unas cervezas? —inquirió Elsa.

Javi era un chico muy introvertido. Su aspecto era desaliñado. Vestía siempre con camisetas de publicidad. Sus patillas eran igual de gruesas que los cristales de sus gafas. Desde siempre había sufrido burlas y era un inadaptado socialmente. Para colmo tenía tartamudez acentuada cuando se ponía nervioso.

Se cercioraron de que Javi guardaba una larga cola para coger las bebidas. Así podrían repasar el plan.

—Primero hay que ponerlo entonado.

—Eso no será difícil. Este chaval no está acostumbrado a beber alcohol. Con dos cervezas estará recitando trabalenguas sin cascarse —aseveró Elsa, manifiestamente incómoda por el rumor que le tocaba padecer.

—Llegado el momento, tendrás que darle algunos besos y dejarte meter mano un poco. El "pobretico" no sabrá qué hacer con tanta teta y culo —Elsa no hablaba. Escuchaba las directrices de sus amigos

—Recuerda que tendrás que alejarte de nosotros. Que no nos vean juntos. Cuando veas que está hirviendo la cosa, me das un toque al móvil —tomó la voz cantante Eric—. ¿Tienes la llave de la cabaña tres?

—Aquí la tengo —Alan sacó de su bolsillo trasero la llave y una copia de esta.

—Ten, la llave —Eric se dirigió a Elsa—. Yo me quedaré con la copia. Cuando me envíes la señal, entro pegando gritos cabreado porque te he descubierto poniéndome los cuernos con Javi "el tarta". Alan irá por detrás grabándolo todo. Recuerda ponerle antes las esposas para que se sienta acorralado cuando me vea entrar como un loco. ¡O le quitamos la tartamudez o se la empeoramos después de esta noche!

—No sé, tío. Elsa, ¿tú te liarías con él? —Alan preguntaba a su amiga.

—La peña va a flipar con este video. ¡Javi "el tarta" enrollándose con Elsa Rubio! —festejaba a carcajadas Eric.

Llegó la noche y, con ella, las miradas furtivas de Elsa a Javi. Este estaba eufórico. Nunca se había visto aceptado entre un grupo de chavales disfrutando de una fiesta. Alan y Eric se percataron de los ojos libidinosos de Javi hacia Elsa, acrecentado también por las cervezas ingeridas hasta el momento.

Sonaba la música y todos comenzaron a bailar. Elsa, a sabiendas de su imantado cuerpo, se contoneaba entre metales pesados. Pero ella tenía claro su objetivo.

—Chicos, ahora vengo. Voy a saludar a unos colegas ——desapareció de la escena Eric.

—Pues antes de que empiece el concierto, debería ir al aseo. Me voy a hacer cola. ¡No os mováis de aquí! —Alan hizo lo mismo que su amigo, quedándose Elsa y Javi solos.

Sonaba la canción *On the Floor,* de Jennifer López y las caderas de Elsa acariciaban las pupilas de un entregado Javi, que hacía lo que podía intentando ser rítmico con su baile, que parecía sacado de una tribu africana. Los jóvenes de alrededor comenzaban a observar la escena y a llamarle la atención la nueva extraña pareja formada por la pomposa Elsa y el rarito Javi "el tarta".

A varios metros de allí, camuflado entre la multitud, Eric grababa el primer cortejo. Se acercaba la hora de la bomba y Elsa debía actuar rápido y eficiente.

Se formó una improvisada pista de baile en el césped. Decenas de jóvenes bailaban desenfrenadamente. Una bachata de Romeo Santos causó furor entre las féminas.

—Oye, esto se baila más pegado. Ven aquí que te enseñe —Elsa tomó las manos de Javi.

Elsa comenzó a contonearse rozando, intencionadamente, el cuerpo de Javi. Este estaba flotando. Solo quería disfrutar el momento aquel. Seguía, ensimismado, los pasos que Elsa marcaba. Él imitaba y sonreía, sonreía y miraba. El escote turgente ponía una barrera espacial entre los dos. Pronto Elsa levantó la barrera y Javi cerró sus ojos cuando sintió los pechos apretarse contra él.

Dos maltrechos giros y cruces de manos salseras llevaron al baile a un momento especial. Como si de una pócima mágica se tratara, Elsa consiguió levantar algo más que el ánimo de Javi; llegando a la cumbre de la montaña cuando Elsa le dio la espalda y este sintió el perfume de su cuello y las caricias que supuso el roce de su rizado cabello sobre su cara. Con las manos entrelazadas, el culo respingón de Elsa rozaba la hebilla del cinturón de Javi. Este rezaba para que no hubiera un cambio de ritmo en la canción, pues el contoneo provocó que no hiciera falta cinturón alguno para no caérsele los pantalones.

Eric seguía tomando pruebas video-gráficas de todo.

—Ba-ba-bailas muy bien.

—Gracias, tú haces que me sienta bien. Bailo así cuando me gusta un chico…

En ese instante dejó de sonar la música por los altavoces y la megafonía anunció el inicio del concierto de Funambulista en 5 minutos. Se acercaba el momento.

—Hola chicos, ya estoy aquí. Me he entretenido un poco más de la cuenta. ¿Nos sentamos para ver el concierto? —Eric dejó unas cervezas sobre la mesa reservada y tomó asiento, junto a Javi y Elsa.

—¿Y Alan? —preguntó inquieta Elsa.

—Fue a mear, pero de eso hace un rato largo. Imagino que no tardará en venir. Su padre lo habrá entretenido con algo —contestó Eric devolviéndole una mirada cómplice.

Bajo la mesa, las piernas de Elsa rozaban las de Javi. Tenía que mantener las brasas conseguidas minutos antes.

«Lo mato. A este tío lo mato. Aún sin aparecer y el efecto se le va yendo al tartamudo» se decía Eric al ver que Alan no aparecía y Elsa hacía lo posible por ser discreta en mantener erizado a su objetivo. Eric hizo una señal con su cabeza para que Elsa retomara el plan.

—¡Uff me hago mucho pis. Tanta cerveza me ha dado unas ganas tremendas!

—Pues hay una cola enorme. Te vas a perder parte del concierto, tía —contestó Eric, sobre el guión.

—Aquí hay mucho campo, meo escondida por ahí. Necesitaré que uno de los dos me tape un poco. ¿O vais a dejar que los tíos me vean el culo?

—Tía, yo estoy algo mareado. ¿Puedes acompañarla tú, Javi?

—Va-va-va-vale.

Elsa agarró de la mano a Javier y salieron caminando a una zona sombría, lejos de los focos de led.

—No sé dónde ponerme. Necesito algún matorral.

—E-e-ese parece bueno.

—Ey, parece que no tartamudeas tanto ahora ¿no?

—Si...eso parece.

65

—¿Ya no te pongo nervioso? —Elsa puso una de sus miradas selfies y se aproximó a Javi de manera felina.

—A-a-aquel si-si-si-sitio parece bueno.

—Vaya, ya se ha estropeado —bromeó Elsa—. Aquel sitio está lleno de maleza. Si me sale un bicho me muero.

—En-entonces, ¿qué?

—¡Tengo una idea! Acompáñame allí.

—Tío, ¿en qué coño piensas? ¿Dónde te metes? —Eric, cabreado, recriminó a Alan su tardanza.

—Lo sé, lo siento. Mi madre me ha enredado. Me ha hecho mover de sitio unos barriles de cerveza y montar varias mesas para sus amistades. ¿Están los pajaritos en el nido?

—Casi. Elsa debe estar cerca.

—Ya estamos. Esto será un secreto entre tú y yo, ¿vale?—Elsa guiñó un ojo a Javier—. En las fiestas del año pasado, conseguí una copia de la llave de la cabaña tres y nunca la devolví. De hecho la tengo aquí, con las demás llaves de mi casa.

Javier entendió que lo mejor era tener la boca cerrada, no fuera a romper el momento mágico.

—Ven, vamos a entrar sin que nos vean y así puedo hacer pis. Esta cabaña tiene baño —susurró Elsa.

La cabaña tres, además de más grande, era la más bonita. En su interior tenía una cama de matrimonio, jacuzzi y una decoración mimada.

Elsa encendió un pie de lámpara con luz cálida y se dirigió al baño. Javi, nervioso, quedó de pie observando el interior de la cabaña. No se atrevía descorrer las cortinas de las ventanas, por temor de ser descubiertos. Pronto, Elsa salió dispuesta a cazar a su presa.

—¡Esta cabaña es maravillosa!

—Si, no-no tan-tanto como tú.

—¡Oh! ¡Qué dulce! ¿No te gusta la sensación de ser descubiertos? A mí me pone tela —Elsa comenzó a rebuscar entre los muebles y cajones.

—Me en-encanta. Estoy un-un-un poco nerviossssso.

—Relájate. No entiendes nada… No tenía ganas de hacer pis, me moría de ganas de estar a solas contigo… —Elsa sacó todo su arsenal.

Javier dio dos pasos atrás como si caperucita se quisiera comer al lobo, en un mundo al revés.

Alan y Eric, no muy lejos de las cabañas, empezaban a impacientarse.

—Esta tía no nos ha dado la señal aún.

—Vamos a acercarnos un poco más, y así estamos preparados para cuando llegue el momento —sugirió Alan.

—Llevo tiempo dándome cuenta de cómo me miras. Me gusta tu mirada —Elsa se acercó mucho a Javi, rompiendo cualquier estudio de proxémica.

—Si, me gustas mucho —afinó Javi en contestar.

—¿Conoces el dicho "se mira pero no se toca" ?, pues conmigo no va ese dicho —Elsa tomó la mano de Javi y se la colocó en su pecho.

Haciendo de tripas corazón, llevó a Javi hacia el sofá y lo lanzó, cayendo éste desplomado.

Mientras, a poco más de cien metros de la cabaña, Alan y Eric coincidían espontáneamente con Olivia.

—Hola Olivia, ¿cómo estás? ¿Por qué no contestas a nuestros mensajes? —cerca de las cabañas, Eric y Alan se cruzaron con Olivia.

—Hola. No quiero saber nada de todo esto. Os pasáis mucho de la raya, ¿es que creéis que no sé lo que estáis haciendo con Javi? —recalcó Olivia—. No respetáis nada.

—Lo de Elsa fue un accidente. No quiso matar a esos gusanos, ya te lo dijimos. Y no sé a qué te refieres con Javi.

—Y una mierda, la muy cabrona grabó todo. Se ve en la grabación cómo aprieta con su mano el papel aluminio… ¡Y no me digáis que se le estaba cayendo el sándwich!

En ese momento, pasaron varios chicos ebrios.

—¡Oye! Tú eres la come-bichos, ¿verdad?

—Yo no como bichos, gilipollas —contrarrestó Olivia.

—Por allí, cerca de aquel pinar, podríamos ir. Te puedo enseñar un buen bicho que tengo; por si te lo quieres comer.

—¿Quieres ver cómo eres tú el que se come los bichos?—saltó Eric haciéndole frente al joven hostigador.

Tras varios disparos dialécticos y un par de intervenciones para evitar pelea, el grupo de jóvenes borrachos se marcharon a otro lugar.

—Esto es un minúsculo ejemplo de lo que es mi día a día. No tenéis ni idea de lo que estáis haciendo —Olivia dejó con la boca cerrada a Alan y Eric, y se marchó a paso ligero y con lágrimas en los ojos, perdiéndose entre la oscuridad de un camino apenas frecuentado por gente.

El aire acondicionado de la cabaña tres no conseguía sofocar la temperatura que se iba alcanzando en su interior.

—E-e-eres preciosa.

—Anda ven, pongámonos más cómodos —Elsa quitó las gafas a Javi y las dejó sobre la mesa de pino maciza del salón. Lo condujo de la mano hacia la habitación de matrimonio. Se despojó, lentamente, de la camisa de cuadros dejando a la vista un sujetador negro de encajes.

Javier hizo lo propio con su camiseta Puma, dejando a la vista una selva de pelos en el pecho y barriga. Se besaban a la vez que se deslizaban sobre la cama.

—¡Espera! ¿Te gusta jugar? Mira lo que tengo, esta misma mañana me las han traído los de Amazon —Elsa abrió su bolso y sacó unas esposas con plumas rojas. Javi dejó de tartamudear. Miró con fuerza los grilletes y se emocionó.

—¡Me-me encanta! Lo-lo-lo pasaremos bien —Javi le arrebató las esposas a Elsa y se dispuso a ponérselas.

—No, espera. ¡Son para ti! Quiero dominarte yo — Elsa besó a Javi para disuadirlo.

—De acuerdo, dejaré que me las pongas, pero antes déjame jugar un poquito. Te prometo que será poco tiempo — —prosiguió poniéndole las esposas a Elsa enganchándolas al cabecero de forja de la cama de matrimonio. Ésta cedió con recelo, a sabiendas de que luego ella podría atarlo y tener tiempo para avisar, en secreto, a Eric y Alan al móvil.

Con Elsa engrilletada, con sus brazos abiertos y estirados, Javier comenzó a besarla por el cuello. Su respiración era tan agitada como el vapor a presión de una

71

olla express. Ella, nerviosa, empezó a sentir que no controlaba la situación. Él, excitado, se sentía más seguro que nunca de sí mismo.

—Cambiamos. Quítame las esposas.

—¡Pero si-si apenas te las he puesto! Espera un po-po-poco, preciosa. Te lo pasarás bien —comenzó a acariciar con la punta de su nariz el ombligo de Elsa y a desabrochar el botón de sus pantalones vaqueros.

—¡No, no, para. Quítame esto!

Javi se incorporó contrariado —¿A qué juegas? ¿Te-te-te quieres reír de mí?

La expresión de su cara se transformó. Su pelo grasiento y largo se empalaba en su rostro, mostrando una imagen desagradable. Se retiró de la cama y se marchó a ponerse sus gafas.

—Por favor Javi, suéltame —empezó a temblarle la voz a Elsa.

—¡Ya voy! Tengo que ponerme mis gafas, no veo una mierda. ¿Dónde está la llave de las esposas? —preguntaba alzando la voz, sin tartamudear, desde el salón.

—¡En mi bolso! —respondió Elsa mientras oía a Javi maldecir en arameo la situación vivida.

72

Elsa se impacientaba. Quería salir de allí y explicar a sus amigos que no fue capaz de hacerlo.

—¿La ves? Mira bien, está dentro de mi bolso.

—Si, a-a-aquí está —apareció Javi en el dormitorio con llave en mano.

De repente, comenzó a oírse un fuerte zumbido proveniente del aseo, que se encontraba dentro de la habitación matrimonial.

—¿Qué es eso? ¡Suéltame, Javi!

Elsa se dejó abierta la puerta del aseo y pronto encontró respuesta a su pregunta. Una nube amarilla sobrevoló la habitación. El zumbido era intenso, aterrador, parecía un ejército desfilando a paso ligero.

Elsa comenzó a chillar y a patalear en la cama. Javi cogió un cojín y atizó al aire un par de golpes. Las avispas esquivaron, sin problemas, sendas envestidas.

—¡Javi, las esposas! —atinó en ordenar Elsa, llena de pánico.

Javi se colocó lateral a Elsa para abrir la esposa de su mano izquierda. Con los nervios, no acertaba a girar la apertura. Escuchó un grito ensordecedor de su amiga.

Cuando miró hacia el lado, vio varias avispas posadas en su barriga y en la cara. La estaban acribillando.

Aterrado, consiguió abrir la esposa de la mano izquierda y se dispuso a quitarle la otra de la otra mano sin conseguirlo. Dos avispas punzaron el brazo de Javi y este pudo hacerse una idea de la terrible quemazón que habría experimentado Elsa. Era un dolor muy intenso. El pequeño enjambre se cebó en ella. Su cuerpo y cara eran rico alimento para ellas. Los gritos de dolor se desvanecían fuera de la cabaña entre los agradables acordes que estriaban por los altavoces del concierto de Funambulista. Todo el mundo estaba en el concierto, nadie podía oírlos, salvo Alan y Eric que esperaban próximos a la zona de las cabañas.

Javi, preso del miedo, salió corriendo a pedir ayuda. Dejó a Elsa intentando abrirse la segunda esposa. Esta, sacando fuerzas provenientes de la adrenalina generada, luchaba por liberarse, a la vez que sentía puñales en su cara, cada vez más hinchada.

Introdujo, con temblores, la llave en la cerradura. Dos fuertes picotazos, en el cuello y pecho, le provocó un agitado espasmo, que hizo que se le cayera la llave sobre la cama. Vuelta a empezar. Su cuerpo estaba deformándose. Parecía una capa de pompas protectoras, de las que se utilizan para embalar y resguardar paquetes. Apretó los dientes y gruñó de dolor. La vista se le nublaba, comenzó a sentir náuseas y angustia. En cada orificio de picadura empezó a aparecer un contorno blanquecino acuoso y una marea rosácea. Pronto su cuerpo se cubrió de un tinte rojizo con pus. Parecía una pompa a punto de estallar.

La capacidad de supervivencia de los seres humanos hace que saquemos fuerzas de la nada. Elsa consiguió quitarse la esposa. Braceo con fuerzas para espantar a las agresivas avispas e intento incorporarse de la cama. Gemía, gruñía y gritaba expulsando saliva de la boca. Su cara hinchada ardía. Era un dolor terrible, como descargas eléctricas constantes. El veneno estaba, a riendas sueltas, galopando por el torrente sanguíneo, destruyendo células y mandando ordenes al cerebro de que algo no iba bien, nada bien. El cuerpo de Elsa se bloqueaba. Sus puños se mantuvieron cerrados y apretados, al igual que su boca. Cayó en la cama como una bella durmiente, aunque precisamente bella no era el calificativo acorde en ese momento. Los gritos cesaron. Las avispas no. Poco a poco dejó de sentir dolor, poco a poco dejó de ver…

—¿Pero qué coño? —Eric y Alan vieron salir corriendo a Javi de la cabaña. Se interpusieron a él.

—¡Javi!, ¿qué pasa? ¿Y Elsa?

—¡No-no-no! ¡A-a-a-avispas! —lloraba nervioso—. ¡Co-corred!

Eric salió lanzado hacia la cabaña tres.

—¡Elsa! ¡Elsa! —entró buscándola. Alan detrás de Eric, se encontraba ya en el quicio de la puerta de entrada a la cabaña.

—¿Qué está pasando? —preguntaba con miedo Alan.

—¡Tío, ven aquí! Ayúdame.

Alan se apresuró a la voz de su amigo, proveniente del dormitorio.

¡Mierda! —Elsa se hallaba tendida en la cama, inmóvil. Eric, a expensas de sufrir un ataque de avispas, se esforzaba por ahuyentar la legión que acampaba, a sus anchas, por el cuerpo de ella.

—¡Apártate! —Alan empujó a Eric—. ¡Abre todas las ventanas! — con extintor en mano, empezó a disparar una nube de CO_2 por las avispas. Como si de una fogata se tratara, el enjambre empezó a dispersarse y a huir. Surtió efecto. Pronto, en unos segundos, desaparecieron las avispas.

—¡Una ambulancia! ¡Llama al 112!

El 112 apareció de inmediato, ya que todos los años el ayuntamiento dotaba, a la fiesta del pueblo, de una UVI Móvil y agentes de protección civil.

La gente se agolpaba en torno a las cabañas. Alan, Eric, Javi y Olivia lloraban y temblaban en un box improvisado por la policía.

Un clamor doloroso se escuchó en la finca cuando, en una camilla con ruedas, apareció lo que sería el cuerpo de Elsa en el interior de un saco negro cerrado por una cremallera.

Antonio, Lidia y Carla —padres y hermana de Elsa— agonizaban de dolor. Sus lágrimas chorreaban por sus rostros. Un equipo de psicólogos que los custodiaban sabía que les esperaban un arduo trabajo.

—¡Hija mía! ¡Hija!... —los padres corrían hacia el cuerpo de Elsa. La policía aplacaba a los allí presentes.

La finca Morales era protagonista de una fatídica noche, a la luz de una luna llena y de algunas luces de móviles grabando...

CAPÍTULO 8

El médico forense, tras analizar, observar el origen y las causas de la muerte de Elsa, avisó a la guardia civil, allí presentes. Estos dictaminaron procedente una investigación judicial. En pocos minutos hizo aparición la Policía Científica. Se acordonó la zona para apartar periodistas y mantener inalterada la zona del presunto crimen.

Agentes de la científica comenzaron a inspeccionar el lugar de los hechos. La cabaña y sus aledaños parecían sacadas de una película del CSI. Otros agentes se dedicaban a la recogida de datos, registros y entrevistas. Todo el pueblo, tras el cordón policial, observaba cómo se recogían pruebas en bolsitas estancas, se realizaban múltiples fotografías y se espolvoreaban marcos de ventanas y puerta para extraer huellas dactilares.

Silvia Pérez, inspectora jefa de la brigada provincial, estaba totalmente concentrada en coordinar a su equipo en la recogida de huellas y en examinar el escenario.

—Jacinto, ¿qué ves? —consultó Silvia al médico forense.

—Ha fallecido por anafilaxia. Es una muerte muy rápida aunque dolorosa. La chica habrá sufrido muchísimo. Tiene su cuerpo lleno de picaduras. El veneno provocó una avalancha de reacciones químicas, que originó una bajada drástica de la presión arterial y constricción de las vías respiratorias. Un choque anafiláctico en toda regla.

—Entiendo, voy a intentar hablar con sus padres — Silvia se despidió del médico forense. Le llamó la atención el olor que desprendía el cuerpo. Se agachó aproximando su nariz al pecho del cadáver. Olía a loción de coco.

—¡Jefa, tiene que ver esto! —un agente de la policía nacional avisó a la inspectora. La dirigió a la parte trasera de la cabaña, justo debajo de una ventana.

—¿Qué tenemos?— preguntó Silvia Pérez.

—Mire.

—¡Qué coño es eso? —alumbró con su linterna la inspectora.

—Estaba tirado, entre estos matojos, bajo la ventana del aseo de la cabaña. No me había llamado la atención al verlo, pero al agacharme comprendí lo que podía ser —explicó el joven agente Griñán.

—¡Mierda! Tiene dentro una avispa —se sorprendió Silvia.

—Creo que es un transportador de insectos. La ventana del baño está cerrada, pero no bloqueada. Alguien, desde fuera, podría haber introducido todas esas avispas al interior de la cabaña y cerrado la ventana. Seguiré inspeccionando, a ver si encuentro más evidencias.

—Buen trabajo, Griñán. Ordenaré el análisis del objeto —Silvia extendió su mano para sacar el walkie. En menos de un minuto, aparecieron dos agentes trabajando con la prueba encontrada.

—Buenas noches, familia Rubio Tornel. Siento mucho lo sucedido. Entiendo que no estéis en disposición de nada, pero es necesario que les haga varias preguntas cuanto antes —se dirigió la inspectora a los padres de Elsa.

Antonio dio dos pasos hacia la inspectora jefa —¡Estamos oyendo que me la han matado!, ¡que alguien le metió avispas!

Silvia se percató enseguida de que debían dispersar a la multitud de allí y llevar cuanto antes todas las posibles pruebas para ser analizadas en laboratorio. Era importante que no salieran a la luz todas las pesquisas —Es muy pronto para adelantar nada, pero si hay uno o varios culpables, lo averiguaremos. Su hija, ¿era alérgica a algo?

En ese momento, rompieron en llanto los padres de Elsa —A las avispas —respondió su hermana Carla, al ver que sus padres eran incapaces de articular palabra, rotos de dolor.

La inspectora Pérez anotó algo en su libreta.

—¿Lo ve? No es casualidad. ¡Quien la ha matado la conocía. Sabía que mi niña era alérgica a las avispas! —gritó Antonio entre lágrimas.

Silvia recordó el comentario de Jacinto, el médico forense, «Ni la epinefrina ha sido suficiente, ha debido sufrir una muerte agónica», «se han asegurado de que muriera. Dadas las 87 picaduras de su cuerpo, se usaron gran cantidad de avispas para matarla»

—¿Saben si su hija podría tener algún enemigo?¿Estaba metida en algún lío? —prosiguió Silvia.

—No, para nada. Era una chica alegre, dicharachera. Le gustaba salir y pasarlo bien. Se llevaba bien con todo el mundo.

—Entiendo. ¿Podrían decirme sus teléfonos? Posiblemente tengan que declarar más adelante. Por otro lado, ¿me podrían facilitar los nombres de los amigos de Elsa?

—Si, por supuesto…

Mientras tanto, en el box:

—¡Esto es increíble! No puede ser, ¡Elsa! ¡No, no, no! ¿Muerta? ¡No me lo puedo creer! —lloraba Olivia en el hombro de Alan.

—¡Créetelo, se nos ha ido nuestra Elsa! Madre mía…

—¡Avispas! Parece una venganza… —vociferó Eric enrabietado.

—¡Ay no! ¿Estás insinuando que yo he tenido que ver algo en esto? ¡Hijo de puta! —Olivia lanzó un guantazo a Eric. La policía intervino para separarlos.

—Si no les importa, quédense quietecitos y dejen de pelearse —ordenó la inspectora jefe—. Quiero tomarles declaración por separado.

La inspectora fue interrogando, uno por uno, a los principales testigos.

—Olivia, ¿dónde estabas entre las 22:45h y las 23:00h?

—No recuerdo bien la hora, pero estuve toda la noche con compañeros de la universidad, pasándolo bien durante le fiesta.

—¿Estás segura? 'Hay testigos que dicen lo contrario. ¿Qué hacías cerca de las cabañas a esa hora?

—Cierto, no lo recordaba. Verá, vi a mis amigos Alan y Eric caminar en aquella dirección. Yo estaba enfadada con ellos; bueno, sigo estándolo y decidí provocar un encuentro fortuito con ellos. Necesitaba decirles cómo me sentía después de… —Olivia hizo un silencio.

—¿Después de qué? —preguntó Silvia—. ¿Por qué estás enfadada con ellos?

—Es un poco largo de explicar, inspectora.

—Soy toda oídos…

La televisión se hizo eco de la noticia. Decenas de reporteros se aglutinaban deseosos de alguna declaración o foto del caso. Los murcianos viralizaban, por redes sociales, toda información concerniente al presunto homicidio de Llano de Brujas. La app *Cotillapp* no iba a ser menos. Videos del Elsa siendo trasladada en la bolsa mortuoria, fotos de la cabaña tres y, cómo no, rumores sobre cómo fue la muerte y especulaciones en torno a la vida de Elsa. Todo empezó a difundirse a una velocidad de vértigo. En pocas horas, la app estaba colapsada.

—Inspectora, disculpe, ¿puede venir un momento? —un agente de la policía nacional hizo aparición.

—Si, un momento —despidió al agente y continuó con Olivia—. Muy bien, puedes marcharte. Ten el teléfono operativo y tendrás que permanecer en Murcia.

—De acuerdo. ¿Me consideran sospechosa? —preguntó asustada.

—¿Te sientes sospechosa?

—No.

—Esto no ha sido un interrogatorio, de momento…Ha sido una entrevista. —Silvia se despidió de manera muy fría y caminó hacia el furgón de la policía nacional de la brigada científica.

—Ya estoy, ¿qué ocurre?

—Inspectora Pérez, tiene que ver esto —un agente giró un ordenador portátil mostrando la app *Cotillap*.

—Conozco esa aplicación.

—Debemos parar esta app. Se está difundiendo mucha información o difamación del caso. Incluso, alguna publicación podría estar rozando la vulnerabilidad al honor de la familia de la víctima —el ingeniero informático mostró verdadera empatía.

Silvia tomó el portátil y dedicó varios minutos a leer los últimos post y rumores subidos a la app. Resopló y se rascó el pelo —No pidáis ninguna orden judicial, de momento dejad correr *Cotillap*.

Los agentes de la científica guardaron silencio y cruzaron miradas incomprensibles. El agente Griñán se atrevió a romper el mutismo.

—Inspectora, seguramente me la cargue con lo que voy a decir, pero ¿no cree que puede ser un problema para la investigación que la gente haga leña del árbol caído con *Cotillapp*?

Después de clavarle una mirada tan dura como una joya de acero y diamante, Silvia reaccionó —Esa app mete mucha paja, pero a veces se encuentran agujas dentro del pajar que pueden resultar interesantes para clarificar la investigación. Además, estoy totalmente segura de que el o los asesinos estarán pendiente de esa app. Con un poco de suerte, podría cometer un error que lo descubra —suspiró y prosiguió—. ¿Algo más?

—Si, dentro de la cabaña había unas esposas tiradas al lado de la cama y un bolso abierto, posiblemente de la víctima.

—Analizad palmo a palmo esa cabaña. Quiero una recogida de huellas perfectas.

—Los compañeros han encontrado varias huellas diferentes. Mañana tendremos los resultados de la dactiloscopia.

—Quiero ver el bolso de la víctima —ordenó Silvia Pérez con tono serio y cansado.

—Ahora mismo —un agente salió de la furgoneta y volvió a ella en menos de 2 minutos—. Aquí lo tiene.

La inspectora se colocó unos guantes de nitrilo negros y se dispuso a observar el interior del bolso. Tras unos minutos cuestionó de mal humor —¿Es que nadie ha visto nada raro en el interior de este bolso?

Los agentes, entre el gran respeto que le procesaban a la inspectora y la pregunta retórica cargada de rayos que lanzó esta, ninguno se atrevió a responder.

—Ha desaparecido el teléfono móvil de la víctima. He observado todas las pruebas recogidas para analizar y ninguna era un teléfono. Nadie me ha comunicado haber encontrado un teléfono a las afueras de la cabaña. La víctima, tras el análisis forense, no portaba teléfono alguno. Y resulta que se encuentra su bolso abierto y en el interior están todas sus pertenencias, menos su teléfono. Alguien se ha preocupado de hacerlo desaparecer. ¡Griñán!

—Sí, inspectora, dígame.

—Que un ingeniero haga un rastreo. Quiero saber la última localización de ese teléfono.

—A sus órdenes.

—Voy a seguir con las entrevistas. Griñán, ven conmigo. Estoy cansada, quiero que tú hagas la recogida de datos.

—Sí, inspectora.

CAPÍTULO 9

IES Poeta Sánchez Bautista, 25 de noviembre de 2009.

Miércoles, 11:24 h.

La jefatura de estudios es pequeña. Estrecha. Posiblemente la hicieron así para asfixiar mejor a los alumnos. Me encuentro fuera, sentado en una silla incómoda, esperando a mi madre. Menuda me va a caer cuando me monte en el coche con ella. Estoy inquieto, creo que esta vez va a ser peor.

Decido levantarme y deambular por la sala, con disimulo. Realmente intento acercarme a la puerta cerrada para ver si consigo oír qué dice el jefe de estudios o mi madre. Nada, no oigo nada.

Escucho un sonido metálico y me deslizo dos metros, alejándome de la puerta. Se está girando el pomo. Ya sale mi madre.

—Muchas gracias por ser tan comprensivo. Lamento mucho lo sucedido. Le prometo que tomaremos medidas. Adiós —mi madre se despide de Manolo Zúñiga —jefe de estudios— con una sonrisa, la cual se desdibuja al girar su cara y mirarme fijamente. Su rostro cambia a una mezcla de preocupación y enfado.

No me atrevo a abrir la boca. Mi madre solo emite un «¡vamos!» que se me clava en la conciencia.

De camino al coche, aparcado en el parking exterior del instituto, observo como hay compañeros que nos miran y cuchichean. De reojo, miro a mi madre y confirmo que ella también se percata de que somos el centro de atención durante los 14 segundos que separan la jefatura de estudios y el parking.

Trago saliva y suspiro cuando oigo el cierre de mi puerta y el portazo de la puerta de mi madre al sentarnos en el coche. Arranca, pongo Cadena Dial. Mi madre me apaga la radio. Ya van a llegar los relámpagos.

—Javi, no nos lo pones fácil. No pones de tu parte. Esto no es nuevo, llevamos dos años de psicólogos y tienes rachas buenas, pero siempre caes. ¿Qué hacemos contigo?

—Mamá, lo-lo-lo siento. No-no-no-no he podi-dido aguantarme.

—Manolo Zúñiga iba a llamar a la policía esta vez. Tienes dieciséis años y ya no eres un crío. ¿Qué quieres?, ¿qué te detengan? La ley puede caer sobre ti con todo su peso. He pasado mucha vergüenza. Al final, el jefe de estudios, como ha visto lo mal que estaba yo y que la cartera de tu compañero ha aparecido, ha decidido que tu padre y yo tomáramos cartas sobre el asunto.

—No volverá a pa-pa-pasar más. Llevaba 7 me-me-meses sin robar na-nada.

—Eso dijiste hace 7 meses. Esta tarde llamaré a tu psicóloga. No vas a salir de casa durante mucho tiempo.

Mi madre se ha desviado del camino a casa.

—¿Dónde va-vamos?

—A la Bardiza, tengo que hacer fotocopias y comprarle a tu padre sobres blancos.

Entramos en la papelería. «A esa hora no suele haber nadie» —pienso—. No me equivoco. Menos mal, tengo ganas de llegar a casa y meterme en mi habitación.

Mamá está con Laura, la dependienta, explicándole cómo quiere las fotocopias. Repaso la vitrina de metacrilato que hay sobre el mostrador. Está repleta de bolis Bic. Me gustan esos bolis dorados. Voy a pasar mucho tiempo encerrado, a lo mejor decido escribir historias. Me vendrán bien esos bolis dorados. Quiero esos bolis dorados. Miro a la derecha, mamá y Laura siguen concentradas en lo suyo. No se darán cuenta…

CAPÍTULO 10

Finca Los Morales, 10 de marzo de 2018.

Sábado, 01:14 h.

La policía había evacuado La Finca. Solo quedaban en su interior dos decenas de personas, aquellas que a priori podían aportar cualquier información inicial que facilitara pesquisas. Silvia Pérez y Griñán continuaban con las entrevistas.

Era el turno de Javier Gil Lora.

—Señor Gil, soy Silvia Pérez, inspectora jefa de homicidios de Murcia. Voy a hacerles varias preguntas.

—Vale.

—¿Fue usted la última persona que vio con vida a Elsa?

—No lo sé. Salí co-co-corriendo a pedir ayuda. Cuando me iba, Elsa se-se-guía viva.

—Estaban solos dentro de la cabaña. ¿Por qué no escapó, junto a usted, Elsa?

Javi desvió la mirada y dudó en responder —Por-por-porque tenía pu-pu-puestas unas esposas. Estábamos jugando, ella sacó esas esposas —levantó sus manos en señal de inocencia y atinó a pronunciar esas frases sin interrupción.

Pérez y Griñan intercambiaron miradas mientras este tomaba notas en su libreta —Entiendo. Cuando encontramos el cadáver, las esposas estaban tiradas en el suelo.

—Yo-yo conseguí abrirle las-las esposas de su mano iz-iz-izquierda. Salí a pedir ayuda en-en ese momento y vi que ella comenzaba a quitarse las es-es-esposas de su ma-mano derecha.

—¿Cómo es posible que usted no tenga ninguna picadura de avispa?

—Sí tengo. Mire, ten-tengo dos. En mi ma-mano y antebrazo. —mostró Javi su brazo derecho.

—Visto el cuerpo, deducimos un ataque grande de avispas. ¿Cómo es posible que solo usted tenga dos sí estuvo pegado a Elsa intentando arrebatar las esposas?

—No lo sé —Javi se echó la mano a la cara, en señal de cansancio y preocupación.

—¿Eran novios?

—No. Hace unos días, pa-pa-para sorpresa mía, se acercó a mí y comenzamos a ha-hablar.

—¿Pero os conocíais?

—Claro, desde pe-pe-pequeños. Pero nunca fuimos a-a-amigos. Ni ha-hablábamos. Me-me presentó a sus amigos y empecé a sa-sa-salir con ellos.

—De acuerdo, eso es todo, seguiremos hablando. Muchas gracias —Silvia estrechó fuertemente su mano con Javi, tanto tiempo que hasta el propio Griñán se extrañó.

La inspectora y el agente se retiraron.

—¿Cree que es sospechoso? —cuestionó Griñán.

—Es posible que mañana lo sea. Quiero esperar los resultados de huellas y ADN. Fue la última persona en ver con vida a la víctima.

—Es muy raro que no recibiera ataques de esas avispas —insinuó Griñán.

—Coco, la víctima usaba una loción corporal de coco. Las avispas acudieron obsesionadas con el intenso olor dulce —Silvia se llevó la mano derecha a su nariz, no obteniendo rastro alguno a coco —. Javier no tiene restos de esa loción en sus manos. Vamos a ver qué nos cuenta Alan Morales.

—Buenas noches, Alan. Soy Silvia Pérez, la inspectora encargada de investigar el caso, y él es mi compañero Griñán. Queremos hacerles algunas preguntas.

Alan se encontraba rodeado de sus padres —Claro.

—¿Cree que fue fortuito el ataque de avispas a su amiga Elsa?

—Estamos en el campo. Las cabañas son viejas, quizás hubiera algún panal…

—Correcto, y el encuentro de Elsa y Javier en la cabaña ¿lo considera también fortuito? —la inspectora clavó su mirada en Alan con un semblante severo.

Alan no respondía.

—Hijo…responde a la inspectora —participó Pablo.

—Por favor, no intervenga hasta que yo se lo pida.

—Alan, según un testigo, tienes mucho que contarnos sobre vuestra actividad en *Cotillapp*. ¿Lo de Elsa y Javier era también planeado?

—No sé de qué me habla. En la vida haría daño a Elsa. Íbamos juntos desde el colegio.

—Nadie te ha preguntado si le has hecho daño.

Pablo y Marioli, incrédulos, contemplaban atentamente la conversación.

—La Finca es propiedad de tu padre, ¿no?

—Sí —respondió Pablo.

—La mirada de Silvia a este fue suficiente para que cerrara la boca definitivamente.

—Sí —respondió Alan.

—¿Cómo me explicas que Elsa y Javi pudieran entrar en la cabaña sin forzar puerta o ventanas? Alguien le proporcionó una llave. Encontramos la llave de la cabaña tres en encima de una mesita de noche.

—No lo sé. —Alan tragó saliva.

—Está bien, necesito que esté operativo y que permanezca en Murcia estos días. Volveremos a hablar pronto.

Cuando los agentes se marchaban, los padres de Alan fueron a arropar a su hijo. Pablo y Marioli necesitaban una explicación de Alan. Este necesitaba hablar con Eric cuanto antes. Había salido a la luz los falsos rumores planificados que estaban realizando para *Cotillapp*.

Los agentes decidieron volver por sus pasos.

—Señor Morales, hemos cambiado de opinión. ¿Podríamos hacerle unas preguntas?

—Por supuesto.

—¿Cuánto mide su Finca?

—La Finca tiene 10 tahúllas.

—Eso son unos 11.000 m². Es una finca muy grande. En lo que va de noche, no hemos podido recorrerla entera porque hay zonas concretas concentradas, donde confluyen más personas, como por ejemplo, la zona del escenario, que está retirada de la zona de cabañas, y a su vez, la piscina y el salón comedor está retirado de los huertos y la zona de animales. ¿Dónde estaba usted cuando sucedió la muerte de Elsa?

Marioli miró con cautela a su marido —No sé muy bien a qué hora sucedió, pero he estado casi toda la noche con mi esposa y amigos.

—Y en el «casi», ¿dónde estaba?

—Pues no sé, saludando a más gente del pueblo, participando en algún concurso, paseando por la finca. No entiendo su pregunta.

—¿Le facilitó usted a su hijo llaves de las cabañas?

—Por supuesto. Mi familia tiene acceso a todo —respondió Pablo, aunque recordó que nunca le facilitó copias de llaves de las cabañas.

—Algunos testigos coinciden en que usted apareció pronto en la zona del crimen. Debía estar cerca. ¿No recuerda dónde estaba y qué hacía?

—Saludé a varios amigos empresarios y bebimos varias cervezas. Tuve que ir al aseo y el más cercano estaba a un rato caminando. Decidí orinar en el campo. Escuché gritos y me fui acercando a la zona de las cabañas. Cuando vi a mi hijo corrí.

—¿Y usted? —preguntó la inspectora a Marioli.

—Yo estaba con mi marido en ese momento, salvo cuando fue a orinar —Pablo echó el brazo por encima de su mujer y mostró condolencia por lo que estaban viviendo.

—¿Conocían a la víctima?

—Como si fuera nuestra hija. Desde críos, mi hijo y ella iban a la misma clase en el colegio. Ha venido multitud de veces a casa, hemos celebrado cumpleaños —contestó abrumada Marioli.

—Hoy hemos perdido a una persona que era más que una amiga de nuestro hijo. Le teníamos mucho aprecio —sentenció Pablo.

—Muchas gracias, vayan a descansar. Buenas noches —Silvia y Griñán se retiraron para conversar.

—¿Qué opinas, jefa?

—El lenguaje no verbal de la esposa es muy significativo. Estaba, en todo momento, a la defensiva. Muy incómoda.

—El tío parece algo chuleta, prepotente.

—Es una persona con poder, acostumbrado a negociar con gente importante. Tiene carisma y seguridad. Su dialéctica es correcta —hizo una pausa mirando al agente—. Espero que mañana tengamos nuevas pistas. Presiento que la investigación dará un giro de 180 grados.

—Lo que Olivia nos ha contado de lo que venían haciendo en *Cotillapp*, ¿crees que guardará relación con el homicidio?

—Quiero ver cómo se comportan. Si existe un hilo de conexión, cometerán algún error y será suficiente. Quizás haya que pedir una orden judicial y pincharles los teléfonos.

—Lo preparo, inspectora.

—¡No, espérate! Aún no son sospechosos. Habrá que valorarlo más adelante.

—Nos queda Eric.

—Si, vamos —contestó Silvia tapándose la boca debido a un gran bostezo.

Llegaron hasta un coche patrulla. Allí se encontraba Eric tomando un café junto a sus padres y dos agentes de la policía nacional. Su comportamiento denotaba tranquilidad.

—Buenas noches, soy la inspectora Pérez. Quiero hacerle algunas preguntas.

—Buenas noches, sin problemas.

—¿A qué se dedica?

—Soy técnico en control de plagas.

—Entonces, trabaja con insectos, roedores…La empresa para la que trabaja ¿cuál es?

—Mi padre y yo somos empleados de Pablo Morales, gerente de ConstrucService y dueño de esta Finca.

—Ahá —Silvia intercambió miradas con Griñán—. ¿Sabría decirme si esta Finca guarda periódicamente algún tipo de fumigación, control de plagas, de insectos…?

—Sí. Pablo, mi jefe, es muy escrupuloso con los protocolos. Dos semanas antes de un evento en la Finca, manda una cuadrilla para realizar un buen barrido de insectos, y roedores. Esta Finca la desinsectamos hace dos semanas, si lo pregunta por lo que ha ocurrido esta noche. Se revisaron las cabañas y no había ningún panal ni plagas.

—De acuerdo. Hemos hablado con tu amigo Alan y Olivia. Los dos nos han hablado acerca de la actividad que llevabais en *Cotillapp*. ¿Quieres explicarnos algo? —la inspectora dejó abierta la pregunta para ver por dónde salía Eric.

—Es una aplicación donde se suben rumores y luego hay personas que pueden llegar a tener pruebas de esos rumores y las aporta. La gente valora eso. Nosotros teníamos una cuenta en común.

—¿Quiénes? —interrumpió la inspectora Pérez.

—Los cuatro; Alan, Olivia, Elsa y yo. Trabajábamos en equipo para descubrir rumores.

—He echado un vistazo la app y he visto el rumor de Olivia. Lo planeasteis vosotros mismos.

—Si, lo planeamos. Fue un montaje. Olivia se enfadó mucho y dejó de hablarnos. Pero ella participó conscientemente del montaje. Lo aceptó, en un principio.

—¿Entonces?

—Elsa aplastó unos gusanos cuando teníamos acordado no hacerles daño. Olivia es muy aprensiva con los animales. Desde entonces, Olivia nos la tiene jurada.

—De acuerdo. Según hemos consultado a testigos, Elsa tenía éxito entre los chicos. Javier Gil no encaja en el prototipo de hombre que le gustaba a Elsa. Dime, ¿lo de esta noche formaba parte de otro rumor teatralizado?

—¡Ni hablar! No tengo nada que ver con la muerte de mi amiga. Me jode muchísimo todo esto. ¡Éramos amigos desde críos! ¿Estoy detenido?

—No.

—Entonces, me quiero ir. ¿Puedo?

—Si, estás en tu derecho.

—Papá, vámonos. No puedo más.

Había más policías que ciudadanos en la Finca. Ya se había marchado casi todo el mundo. Quedaban pocas horas para que amaneciera.

—Inspectora, tengo 12 folios anotados de las declaraciones que hemos tomado. Datos que podrían ser interesantes y esclarecedores. ¿Los comentamos?

—Griñán., vete a casa. Mañana nos espera un día muy duro. Te espero a las 10:00h para tomar café.

—¡De acuerdo! Invito yo al café.

La inspectora quedó sola en el silencio de la noche, bajo la luz azul neón de las sirenas de los coches patrullas, que giraban como un fatídico carrusel. Repasó mentalmente todo lo visto esa noche.

Mientras se dirigía a su coche, elucubraba acerca del homicidio; si podía haber sido doloso o preterintencional y los posibles escenarios dados.

CAPÍTULO 11

Llano de Brujas, 11 de marzo de 2018.

Domingo, 11:23h.

La Opinión y La Verdad aparecían con grandes titulares en sus portadas acerca del homicidio de la noche anterior. Hubieron bastantes más tiradas de lo normal. En redes sociales se viralizó la noticia en toda España, pero lo que realmente adquirió una dimensión exponencial fue *Cotillapp*. La app ardía. Gente de todas partes navegaba por la aplicación buscando nuevos datos, imágenes, clips de videos, cotilleos relacionados con la muerte de Elsa.

Llano de Brujas amanecía con algún nubarrón. El cielo hacía de espejo reflejando el ambiente que se respiraba entre la gente de la pedanía murciana. Sus nubes quebradas marcaban caminos grises y morados. Alan, preocupado, fue a casa de Eric.

—Acho baja, estoy aquí esperándote.

—Sube, me tengo que vestir. Aún estaba en la cama.

—Vale, abre.

Se escuchó un bruuuum a través del portero automático de la puerta del porche, y Alan empujó la cancela marrón, pasando al interior.

—Buenos días, Alan. ¿Cómo has dormido? Nosotros apenas hemos pegado ojo. Aún estamos en shock por lo de anoche —Mari Carmen, madre de Eric, recibió en el comedor al amigo de su hijo.

—Yo tampoco he dormido. Fue muy fuerte. Elsa ya no está con nosotros —A Alan le tembló la voz y disimuló mirando por la ventana, aguantado una lágrima que afloraba por el precipicio.

—Hola, nene. ¿Has desayunado? Tómate algo —apareció Salvador en el comedor con un plato lleno de tostadas, proveniente de la cocina.

—Que va, Salva. Gracias, pero no me entra nada.

—Tienes que comer. Mi hijo está igual. ¡Eric! Baja, está aquí Alan —chilló Salvador.

—¡Alan, sube! —gritó Eric desde su habitación, en la planta de arriba del dúplex.

—Disculpad —se despidió de los padres de Eric.

—Mira esto, Alan.

—Ey, tío; ¿qué haces? —Alan se quedó mirando la pantalla del ordenador de Eric. Tenía muchas pestañas abiertas sobre la muerte de Elsa.

—Leyendo todo lo que puedo. Siento decirte que pasaremos a ser sospechosos, en breve. Ni se te ocurra hablar de esto por teléfono. ¿Por qué coño le contaste a la policía nuestro plan de *Cotillapp*? — cuestionó frustrado Eric.

—Yo no conté nada. ¡Olivia lo ha soltado todo! Me dijo la poli que estaba al corriente de lo que hacíamos en la app, y ya se había entrevistado con ella porque la vi marcharse con su madre.

—Hija de puta…Nos la ha liado bien gorda. Y pensar que la defendí anoche de los tíos esos que se metieron con ella…

—¡Espera! Olivia, quizá, quiso vengarse de Elsa y se le fue de las manos. Tal vez pensó en castigarla, por lo que le hizo con los gusanos, metiéndole un enjambre en la cabaña y la broma fue a más, llegando a producirle la muerte —Alan conjeturaba en voz baja.

—Además, estaba momentos antes de producirse todo en la zona de las cabañas. Desapareció cuando discutimos.

—Tengo una idea —Alan se sentó frente al ordenador de Eric.

—¿Qué haces?

—Voy a crear un usuario nuevo en *Cotillapp* y entraré en el foro del homicidio. Sin acusarla directamente a ella, voy a dejar caer comentarios explicando la venganza de Olivia, el motivo de la venganza y que estaba cerca de las cabañas.

—Cuidado, te pueden denunciar —aconsejó Eric.

—Ya. No voy a poner su nombre, pero todos los del pueblo sabrán que nos referimos a Olivia. Ya está. ¡Subido!

—Bueno, veremos a ver cómo interactúa la gente con este rumor.

Espera, se me ocurre algo más. Ahora voy a entrar con mi ID de usuario, como Alan, y voy a corroborar algunos datos que se cuentan; como afectado que soy y se me menciona indirectamente al insinuar el rumor de los gusanos que hubo en el gimnasio como motivo de la posible venganza.

—Buena idea. Oye Alan, ¿por qué tardaste tanto en venir anoche? —Eric mascó cada palabra de esa frase.

Tras unos segundos pensando, Alan preguntó ofendido —¿Qué hablas , tío? ¿A qué te refieres?

—Ya sabes a qué me refiero. Teníamos milimétricamente preparado el plan de anoche. Dijimos que tú y yo nos quitaríamos de en medio para dejar a solas a Elsa y a Javi, y volver diez minutos después. Tardaste cuarenta minutos en volver…

—Ya os conté que me pilló mi madre para que le ayudara a montar unas mesas y poner sillas, de un sitio a otro —intentó mostrarse convincente.

—Alan, no me mientas. Anoche cuando pasó todo y llegaron nuestros padres, tu madre, asustada, al verte pronunció «Hijo, menos mal que estás bien. Llevaba horas sin verte» —levantó una ceja y le clavó una mirada suspicaz a su amigo Alan.

—¿Qué estás insinuando? ¿Estás dudando de mí? —renegó muy alterado, alzando la voz.

—No me grites. Baja el tono de voz.

—¡Lo que me faltaba! ¡Mi mejor amigo se piensa que le metí avispas a Elsa!

—Que no grites, capullo —bisbiseó Eric.

Salvador y Mari Carmen comenzaron a subir sigilosamente la escalera. Desde el piso de abajo escucharon, perfectamente, la discusión.

—De siempre te ha gustado Elsa. Cuando nos liamos ella y yo, dejaste de hablarme durante mucho tiempo —recordó Eric—. ¿Crees que no me di cuenta que te picaste cuando propuse que se enrollara con Javi? No pienso que quisieras esas avispas para Elsa, lo que empiezo a pensar es que metiste esas avispas para ahuyentar a Javi de la cabaña y no se liara más con Elsa —deliberó Eric, desatado por completo en la discusión con Alan.

—Estuve contigo, capullo. ¿Cómo voy a meter las avispas?

—Desapareciste cuarenta minutos. Podías haberlo dejado preparado para cuando ellos entraran en la cabaña y luego volver conmigo, como si no hubiera pasado nada. Además, claramente mentiste. No estuviste ayudando a tu madre ese tiempo.

—Mira, te juro que yo no tengo nada que ver. Además puedo demostrarlo —. Los padres de Eric escucharon a Alan muy alterado, ambos estaban detrás de la puerta de la habitación de su hijo. Dudaban si entrar o seguir escuchando.

—Demuéstralo. Si tienes una coartada sería de gilipollas no decírsela a la policía —musitó Eric.

—Lo demostraré, llegado el momento… Yo podría decir lo mismo de ti. Organizaste el plan; todo el rumor de

Elsa lo orquestaste tú. Además dijiste que dos semanas antes tuviste que fumigar la Finca de mi padre. A lo mejor tenías preparado un final sorpresa, con avispas incluidas, y al ver que todo salió fatal te acojonaste.

—¡Vete de mi casa!¡Desgraciado! —se levantó de la silla Eric señalando la puerta.

Alan casi arranca el pomo de la puerta al abrirla y casi se topa con Mari Carmen, apoyada en la puerta escuchando la conversación. Salvador intentó hablar con él, pero Alan salió de la casa como un galgo tras una liebre.

A ocho kilómetros de allí, en la Jefatura Superior de Policías, la inspectora Pérez y el agente Griñán llevaban más de un café consumido.

—Con las declaraciones de los testigos, los precedentes de *Cotillapp*, las entrevistas de anoche… irán surgiendo varios sospechosos —razonó Silvia—; además hoy tendremos los primeros resultados del laboratorio.

—Yo, si tuviera que hacer una apuesta, metería todo mi dinero al grupo de amigos. No me olieron bien anoche. Creo que quisieron gastar una broma pesada y se les fue de las manos —respondió Griñán.

—Es posible. Aunque no te descuides, yo tengo otra posible teoría más. Alguien que sabía de los movimientos de estos cuatro amigos en *Cotillapp* y aprovechó, como escudo para despistar, para cobrarse algún ajuste de cuentas. Me llama mucho la atención la desaparición del teléfono móvil de la víctima.

—Si te parece bien, voy a hablar con los ingenieros para que cojan el IMEI y controlen la ubicación del teléfono, en caso de que la persona que lo haya robado lo encienda e intente manipularlo.

—Adelante.

Un policía nacional irrumpió con cara de sorpresa —Inspectora Pérez, baje a los laboratorios. Hay novedades.

Silvia y Griñán decidieron no esperar al ascensor y corrieron escaleras abajo. Como dos niños saliendo en un recreo, los agentes discurrían por el largo pasillo de la planta sótano de la Jefatura. No hablaban. Cada uno, ansiosos de algún dato que pudiera esclarecer la investigación, caminaban pensativos a paso ligero. Solo se escuchaba el tacón-punta de sus zapatos sobre el mármol marfil del suelo.

Accedieron al interior del laboratorio. Allí les esperaba Borja Ribera, joven subinspector alicantino graduado en bioquímica.

—Dime, Borja. Espero que me ofrezcas cosas buenas.

—No sé si serán buenas o malas, pero sorprendente sí.

Los dos agentes esperaron en silencio la exposición del subinspector Ribera.

—Mirad —abrió una bolsa hermética—, esto se encontró tirado en el suelo, fuera de la cabaña, bajo la ventana del aseo.

—Sí, lo vi. Llevaba incluso una avispa asquerosa dentro.

—Esto es un box colector de avispas. Sirve para atrapar y transportar avispas o abejas reinas. He consultado con un apicultor y se utilizan como trampas, al simular polen y una colmena —mostró con ejemplos su narración—. Pues bien, la persona que introdujo las avispas utilizó más de un aparatito de estos. Fue introduciendo poco a poco las avispas a través de la ventana del baño y algo ocurriría que no pudo terminar de realizarlo bien y debió salir corriendo, cayéndose esta muestra sin percatarse de que sería una prueba. Además, tanta prisa llevaría que, como bien has dicho, en este box se dejó una avispa viva en su interior.

—¿Hay huellas?

—Ahí fue precavido. Debió utilizar guantes.

—¿Y la avispa? —se interesó Griñán.

—Ahí está el premio gordo, en la avispa —el agente Ribera los miró por encima de sus gafas graduadas Fossil.

CAPÍTULO 12

Calle Azahar nº 9, Llano de Brujas, 11 de marzo de 2018.

Domingo, 11:40h.

Los padres de Javi se sentaban en torno a la mesa circular de su cocina, con dos tazas de café y varios terrones de conmoción.

—¿Qué opinas?

—Yo que sé…Llevo toda la noche dándole vueltas a la cabeza. Por un lado, pienso que tu hijo sería incapaz de hacer daño a alguien; pero por otro lado, llevamos toda la vida de psicólogos con él. A saber qué pasó dentro de esa cabaña.

—Yo sé que él no mato a esa chica —Marta Lora se levantó de la silla y se detuvo junto a la ventana de la cocina.

—¿Lo sabes o lo intuyes?

—Lo intuyo y lo siento. Javi tiene un problema de relaciones sociales. Es un inadaptado y cleptómano, pero no es un asesino.

—Lo sé, Marta. Pero hay algo que deberías saber —José se levantó y se acercó a su esposa, junto a la ventana—. Llevo tiempo controlando el ordenador de Javi.

Marta dejó de mirar a través de la ventana y se giró para mirar fijamente a su marido —¿Qué pasa? ¿Qué viste?

—Tiene una carpeta de fotos recopiladas de esa chica, de Elsa. Incluso tiene algunos clips de videos donde aparece Elsa en situaciones normales, sin percatarse de que Javi la estaba grabando desde lejos. No sé si es admiración, curiosidad, deseo, enamoramiento frustrado…no sé lo que será, pero aparentemente estaba obsesionado con ella.

—Bueno, era una chica muy mona. Recuerdo que, cuando iban al instituto, me dijo que le gustaba —Marta alegó intentando restar importancia a tal hecho.

—Esta mañana, bien temprano, la policía se ha llevado el ordenador de Javi. Tú habías ido a casa de tu madre a ponerle el desayuno y asearla —Jose mostró un talante desasosegado.

—¡Ay Dios!

—Anoche, nada más llegar a casa, borré esas carpetas del ordenador de tu hijo.

—Bien hecho. Menos mal. Aunque, de todas formas, sé que nuestro hijo es inocente —sentenciaba Marta, acabando la frase con un suspiro entrecortado.

—Cariño, estoy de acuerdo contigo, pero Javi fue la última persona que vio con vida a esa chica. Tiene un historial psicológico complicado. Todo el mundo sabe que esa chica no se fijaría en nuestro Javi. Hay huellas de Javi por todas partes en esa cabaña. Si Javi es inocente, lucharemos hasta el final de nuestros días por él, pero prepárate para lo que vendrá. La policía no tardará en citarlo como sospechoso.

Marta comenzó a llorar de nuevo —¿Crees que tu hijo mató a Elsa? —sollozó.

—No. Lo que creo es que Javi estuvo en el lugar y en el momento equivocado y alguien se está intentando aprovechar de la situación.

Marta suspiró y se volvió a sentar.

—Pero también creo que se han juntado muchos condicionantes que nos entorpecerán mucho a la hora de demostrar la inocencia de nuestro hijo.

—Vamos a volver a hablar con él. A ver si nos cuenta algo más —Marta sujetó fuertemente la mano de su marido y se dirigieron a la habitación de Javier.

116

—Hijo, ¿se puede? Queremos saber cómo estás —Jose tocó la puerta de su habitación.

—Si, e-e-estoy bien —Javi se apresuró en volver a esconder, dentro de unos calcetines, el teléfono móvil de Elsa antes de que entraran sus padres.

CAPÍTULO 13

Plaza Ceballos, Jefatura de Policía, 11 de marzo de 2018.

Domingo, 12:50h.

—Jefa, quiero que veas esto —el agente José Antonio Martos giró la pantalla de su ordenador.

—¿Qué ocurre?

—Mira, estos nuevos comentarios subidos a *Cotillapp* acusan a Olivia. He mirado el historial del usuario y se ha creado esta misma mañana.

——Mmmm, entiendo ¿Has investigado la…?

—Si —interrumpió el agente Martos—. He investigado la Ip. ¿Adivináis de dónde procede?

Griñán hizo un redoble con unos bolígrafos.

—La Ip localizada proviene del domicilio de Eric Barceló Alfocea —sentenció Martos—, creó el usuario y publicó el comentario. Pero hay más. Mirad, el siguiente comentario corresponde al usuario de Alan Morales.

—Joder, estos dos están ya nerviositos.

118

—Sí, Silvia; eso parece. Estos dos se han juntado esta mañana y han estado hablando. El comentario de Alan también ha sido desde la misma Ip; es decir, Alan estaba en casa de Eric.

—Están intentando marear la perdiz —sugirió Griñán.

—Puede que sí o puede que estén intentando salvarse el culo, creando una coartada—intervino Silvia—. Pide una orden para pincharles el teléfono y demás datos asociados. Veamos si son inteligentes o tan torpes.

En ese momento comenzó a sonar el teléfono fijo de la brigada central de investigación tecnológica.

—Lo cojo yo —se apresuró la inspectora jefa Silvia Pérez —. Sí, vamos para allá —colgó el teléfono y se dirigió a Griñán —. Ha llegado Olivia, vamos a los interrogatorios.

Los dos agentes, mientras bajaban por el ascensor, discernían acerca de las preguntas que realizarían a Olivia.

—¿Llamamos a Borja Ribera?

—No, Griñán. De momento entraremos en la sala tú y yo. No quiero más gente.

—Lo decía por si él tuviera que añadir algún dato técnico.

—Está claro todo lo que nos dijo. Ahora vamos a ver qué nos cuenta Olivia—Silvia se sacó la grabadora de su bolso y comprobó su correcto funcionamiento, justo cuando el ascensor se detuvo.

Al salir del ascensor, los dos agentes caminaron por el pasillo de la segunda planta hasta la última puerta. La sala de interrogatorios estaba en la última puerta. A través de un cristal pudieron ver a Olivia sentada en el interior. El movimiento de su pierna denotaba nerviosismo en la espera.

—Hola Olivia. Gracias por venir. La hemos llamado para hacerles unas preguntas.

Olivia asintió con su cabeza, evitando pronunciar cualquier tipo de palabra.

—¿Sabe de qué murió Elsa Rubio?

—Sí.

—¿De qué? —insistió Silvia.

—Por un ataque de avispas.

—¿Desde cuándo eráis amigas?

—De toda la vida. Íbamos juntas al colegio. Desde entonces —respondió Olivia tragando saliva.

—Pero nos dijo usted que ya no eran amigas, por un problema que tuvo acerca de un rumor extendido en la app *Cotillapp*.

—Sí, estaba enfadada con ella.

—Según nos contó usted, y lo hemos contrastado y completado con otras declaraciones, sus amigos y usted tenían orquestado un plan para de hacer montajes de rumores, y así ganar reputación en *Cotillapp*. ¿Le consta que la muerte de Elsa Rubio tiene que ver con un montaje para la app?

—No, lo siento. No le puedo confirmar eso porque no lo sé. Como les dije, tras mi rumor de los gusanos, yo me distancié de Alan, Eric y Elsa. Ellos intentaron convencerme, pero yo estaba muy dolida con ellos y no volví a verlos.

—No volvió a verlos hasta el homicidio de Elsa.

Olivia asentó con la cabeza.

—Según un usuario de *Cotillapp*, le escucharon hacer comentarios despectivos hacia Elsa durante la fiesta en La Finca Morales —prosiguió la inspectora jefa —. Tenemos recogidas declaraciones donde usted manifiesta animadversión y cierto odio hacia su antiguo grupo de amigos.

—Si, es posible. Pero de ahí a que yo desee la muerte de alguien va un largo camino. Estaba muy dolida con ellos, ¡joder! Quería llamar su atención y que recapacitaran por lo que me habían hecho.

—¿Sabes que tienes un móvil verosímil y que puedes ser sospechosa de ejecutar una venganza contra ellos, por lo que te hicieron con los gusanos? —intervino Griñán.

La cara de Olivia palideció tanto que se mimetizaba con las paredes y mobiliario de la sala de interrogatorios.

—Eso es ridículo —masculló Olivia, marcando surcos de sudoración sobre la mesa con sus manos.

—¿Por qué? —cuestionó Silvia.

—Yo no utilizaría ningún insecto para algo que pudiera ocasionarle algún daño.

La respuesta de Olivia dejó sorprendidos a los agentes. No mostró empatía por Elsa, su alegato era en defensa de los insectos, únicamente.

—Está bien, vayamos al grano —la inspectora jefa sacó una caja de cartón—. Espero impaciente tu respuesta a esto.

—¿Qué quiere que haga? —preguntó Olivia inquieta, fijando su mirada a la caja de cartón que ahora estaba sobre la mesa, frente a ella.

—Ábrela.

Olivia dudó unos segundos, pero finalmente comenzó a abrir la caja lentamente. Al destapar el interior, un respingo hizo rechinar la silla de Olivia y desplazarse hacia atrás unos centímetros.

—¿Qué ocurre? —consultó Griñán con ironía.

—Es una verdugo. Lleven cuidado —Olivia, más tranquila, tomó con sus manos el cubículo de plástico que portaba una avispa amarilla en su interior.

—Veo que la conoces. Esa es una de las avispas que atacó a Elsa. Bueno, esa concretamente no. Quedó en el interior de un trasportador de insectos que encontramos tirado la noche del homicidio.

Olivia se echó las manos a la boca.

—Según hemos podido investigar, esa avispa es la más agresiva. Su picadura, dentro de una escala de dolor, es la más potente. Su amiga debió sufrir una muerte agónica.

Olivia comenzaba a temblar —Es horroroso. Esa especie tiene un veneno tan fuerte que puede provocar…

—La muerte de alguien que además era alérgica a las avispas —interrumpió Griñán.

—La persona que metió esas avispas en la cabaña tenía conocimientos de esos insectos. Se aseguró de utilizar esa especie para conseguir la muerte de Olivia —instigó Silvia, ensartando una mirada punzante en Olivia.

—Es imposible. Si estáis pensando que fui yo, estáis equivocados —comenzó a llorar Olivia.

—Hemos investigado y sabemos que, por tu formación y estudios, tienes acceso a muchos tipos y especies de insectos.

—Pues seguid investigando mejor porque esas avispas, fuera de su hábitat, duran entre dos y tres semanas.

—¿Y?

—Las avispas verdugo son autóctonas de Latinoamérica. No se crían aquí. Y yo no tengo dinero ni para viajar en autobús de aquí a La Manga.

CAPÍTULO 14

El Valle Perdido, Murcia, 17 de mayo de 2009.

Martes, 08:38h.

—Si quieres, puedes sentarte aquí conmigo, Olivia.

—No gracias, prefiero sentarme sola al final del autobús.

—Como quieras —le digo sin querer agobiarla.

En breve, nos vamos de excursión a El Valle. Todos los años, el departamento de educación física del instituto tiene programada una excursión para hacer actividades en la naturaleza. Me encantan.

«Nos lo pasaremos de lujo» pienso. Miro el reloj, aún faltan algunos compañeros y los profes están impacientes. Por ahí veo llegar el cochazo del padre de Alan. El cabrito llega tarde. El muy capullo viene corriendo hacia el autobús.

—Ey hermano, ¡un poco más y te quedas en tierra! —le digo.

—Tío, mi madre es una pesada. A última hora se ha puesto a prepararme un buffet para desayunar. ¡Es una exagerada, Eric!

—Bueno, lo que no te guste me lo das a mi —le contesto mientras aparto mi mochila del asiento libre para que se ponga a mi lado.

Tras cinco minutos de espera, estamos todos ubicados y el bus arranca. El jolgorio que exhala el interior del bus combina con un fulgente sol y cielo despejado que nos acompaña ese día.

Giro y me alzo un poco en mi asiento para encontrar respuestas a unas carcajadas que se oyen. No veo nada raro. Mis ojos coinciden con los de Elsa, que me sonríe abiertamente. Hoy está preciosa. Se ha puesto un chándal Adidas, de color rosa, que marca todo su cuerpo. Esta vez, se ha recogido la melena con una trenza. Le queda genial.

—Oye, mira hacia adelante, que luego me dices que te mareas —Alan me da un golpe en la espalda para que me sienta bien.

—¡No te pases! —le contesto medio en broma.

Sé que Alan se ha dado cuenta de que estaba mirando a Elsa. El mes pasado se enrollaron un par de noches, pero ella no quiere seguir con él. Alan está muy pendiente de espantar a cualquier tío que pretenda acercarse a ella, pero eso a mí no me importa, Elsa me gusta y creo que yo a ella también.

—Eric, ¿cuánto dices que te costó el tatuaje? —me pregunta Perico, un compañero del instituto que está sentado delante de nosotros.

Me levanto un poco la manga y enseño mi tatuaje en el hombro. Noto como empiezo a ser el centro de atención entre algunos compañeros y compañeras. Incluso, Mauricio, el profesor de educación física interviene en la conversación.

Estamos llegando a El Valle. Conforme aparca nuestro autobús, vemos a un grupo de monitores que nos esperan para comenzar las actividades. A pesar de las advertencias de los profesores, bajamos, atropelladamente, los pequeños escalones del bus como si regalaran oro en el exterior.

Tras darnos las indicaciones pertinentes, nos pertrechamos de mochilas y botellas de agua y comenzamos las actividades.

La ruta es espectacular. Una pinada preciosa nos ofrece una panorámica de ensueño. Transitamos por un estrecho camino sobre tablones de madera, que nos lleva hasta una explanada con un Centro de Visitantes.

—Tenemos que formar grupos de 10 personas —le recuerdo a mi colega Alan, que parece distraído pendiente de estar más cerca de Elsa que de mí.

—Somos nueve. Nos falta uno —me dice Alan, tras elegir él a dedo a sus integrantes preferidos.

—Chicos, llamemos a Olivia —comenta Elsa.

—¡Olivia! ¡Vente con nosotros! —le grito, haciendo gestos con los brazos para que se acerque.

Olivia, tras dudar unos segundos, se aproxima a nosotros sin decir nada. La pobre lo está pasando muy mal. Tenemos que conseguir animarla. Desde que falleció su padre, hace un mes, no es la misma.

Entramos en el Centro de Visitantes y vemos diferentes ejemplos de flora autóctona de la zona, así como algunos videos de fauna. Durante la oscuridad de la proyección de los videos, aprovecho para filtrar alguna mirada furtiva a Elsa. La tengo lo suficientemente cerca como para poder oler su colonia de coco. Ella nota mi interés y yo quiero que lo note.

La mañana avanza entre risas y juegos. Los monitores nos han organizado una especie de gymkana competitiva por equipos. Tiro con arco, montaje de tirolinas, juegos de rastreo, y curvas de nivel cartográfico son las pruebas a realizar. Nuestro equipo arrasa. Para eso se ha encargado Alan de conformar un equipo líder. Es muy competitivo.

—Chicos, nos queda la última prueba —anuncia nuestro profesor Mauricio —. A las 14:00 horas nos vemos aquí. No hagáis el cafre y disfrutad.

—Salimos después del equipo friki —comenta Julio, integrante de nuestro equipo.

Todos miramos al equipo friki y comienzan algunas burlas hacia ellos. Realmente, ese equipo no se ha creado. Solo son los chavales y chavalas que nadie ha elegido para conformar equipos. Entre ellos están Vane "La piojo", Alfonso "Torrebruno", Javi "El Tarta", Carlos "Michelín" y Carmen "La Pellejos"

—¡Oye, Javi! ¿Cómo se llama esta prueba? —pregunta Alan.

—Ca-ca, ca-ca, ca-ca…

—Pues si tienes caca mejor que vayas al aseo —le contesta Alan, sin dejarlo terminar de contestar, causando risas entre los allí presentes.

—¡Carrera de Orientación! —contesta Olivia, mirando enfadada a Alan.

130

La última prueba consiste en encontrar unas balizas dispersadas, utilizando un mapa de la zona y una brújula. Hay que completarlo rápidamente, puesto que tenemos al equipo de Cristian pegados a nosotros.

—A ver, lo mejor es que nos dividamos. Tenemos que completar la carrera de orientación en menos tiempo que el equipo de Cristian. Yo me encargo de esta baliza. Mirad vosotros el mapa y elegid una —aconsejo a mi equipo.

Todos aceptan mi propuesta y escogemos, cada uno, una baliza. Es un juego largo. Supuestamente, en menos de dos horas nadie lo había completado, por lo que seguramente será agotador.

Los monitores anuncian nuestro turno y nos preparamos. A la señal, salimos corriendo monte a través. Puedo ver cómo mis compañeros se dispersan poco a poco, hasta el punto de quedarme solo corriendo por el bosque.

De vez en cuando observo el mapa y las curvas de nivel, ya que mi baliza está en lo alto de una montaña. Preferí elegir esa por la dificultad que entrañaba. Las piernas me tiemblan al compás de mi respiración entrecortada, conforme asciendo con un desnivel pronunciado. Me cruzo con otros compañeros de otros equipos, que corren desesperados buscando alguna referencia que los guie correctamente. Otros se sientan a descansar bajo la sombra de algún ciprés, resignados de no ganar el juego. Por un momento, miro hacia atrás y puedo observar el maravilloso paisaje que tengo bajo mis pies. Un manto de pino carrasco enmoqueta a El Valle. Para mi sorpresa, conforme asciendo la montaña, empiezo a descubrir pequeñas grutas o cuevas diseminadas. La curiosidad me hace visitar algunas de ellas.

No son profundas pero sí curiosas. Me quedo tan absorto caminando entre las cuevas, que me olvido de buscar mi propia baliza. Tras unos minutos visitando cuevas, encuentro, por casualidad, la baliza número ocho. La mía es la diez. Eso me hace recordar mi principal objetivo y retomo el mapa. A esa altura, sopla una brisa que amortigua la temperatura corporal que se alcanza al caminar hasta allí.

Tomo un trago de agua y cuando me dispongo a reprender mi búsqueda, escucho unos pasos tras de mí. No me da tiempo a girarme cuando escucho mi nombre en un dulce tono de voz que sabe a coco.

—¡Eric! Estoy buscando la baliza número ocho. Creo que estoy cerca —exclama Elsa al verme.

—Y tan cerca, como que está dentro de esa pequeña cueva —le digo señalando con el dedo el lugar.

—A mí me da miedo entrar ahí. A ver si va a haber algún bicho que me pique…

—Yo he entrado y no hay nada —la tranquilizo.

—¡Ay! Acompáñame, porfa. Será solo un momento —Elsa me hace una mueca de pena que no puedo resistir.

—Está bien, venga.

Le doy la mano para ayudarla a entrar, ya que está algo oscuro y hay piedras en la entrada. Una vez dentro, vemos la baliza y Elsa grapa su mapa como prueba de registro. Se gira hacia mí y el planeta tierra se detiene.

—Muchas gracias, Eric. Te debo una.

—No pasa nada. Bueno, tengo que buscar mi baliza —salgo de la cueva con el recuerdo de mi amigo Alan. Elsa me sigue secándose el sudor y recomponiendo su trenza.

—¡Qué vistas más bonitas hay!

—Si, y más bonitas son si estoy acompañado de ti —mi instinto macarra sale nublando de mi mente a Alan.

—¡Anda! ¡Qué cosas dices, Eric! —me golpea la cabeza suavemente. La tengo tan cerca que no tendría que hacer grandes movimientos para besarla.

—Sé que sabes lo que quiero que sepas —le digo arropándola con mi sonrisa Premium.

—Ah, ¿sí? Quizá sé más de lo que crees saber —me redobla el corazón al pegarse a mí.

Cuando comienzan a sonar las bandas sonoras y los focos alumbran la inminente fusión de labios, escuchamos unos ruidos a cincuenta metros más abajo de la montaña.

—¿Qué es eso? —me pregunta Elsa algo intranquila.

—No sé, vamos a ver.

Caminamos hacia un risco, desde donde podemos tener una visión más completa del paisaje de nuestra montaña, y comenzamos a entender que todos vamos a suspender la última prueba de educación física.

—¡Ese es Ramón con Eva!

—Si, y allí se están liando también Claudia con Morote ––le añado, entre risas.

—¡Qué fuerte, tío! Mira allí, bajo aquella palmera. ¿La ves? —Elsa me señala un lugar escondido.

—Si, hay dos enrollándose, pero no acierto a ver quiénes son —le contesto.

—Yo sí los identifico. Agárrate, son Javi "El tarta" y Olivia.

—Joder, nuestra Olivia ha encontrado refugio en un "rarito" —le digo sorprendido.

—Está pasándolo mal con la muerte de su padre, déjala. Ya sabes cómo es ella; seguramente habrá sentido compasión, ha confundido sentimientos y a Javi le ha tocado la lotería.

—Si, es posible —intento mirar a Elsa con ojos cargados de compasión también.

—Por lo que veo, están todos entretenidos menos tú y yo... —se acerca a mí con un lenguaje no verbal más directo que el verbal.

No aguanto más. Le acaricio el cuello y nos besamos apasionadamente. Se me eriza la piel al notar sus uñas por mi nuca y respondo jalándola por la cintura hacia mí.

El borboteo de nuestros húmedos besos hace que no me entere de unos pasos que se aproximan hacia nosotros. Cuando me percato de una presencia añadida, solo tengo tiempo de escuchar un «¡Eh!» y sentir un puñetazo de mi amigo Alan que me deja tumbado en el suelo...

CAPÍTULO 15

Centro de Murcia, 12 de marzo de 2018.

Lunes, 08:00h.

Comenzaba la semana como cualquier lunes, en cualquier ciudad. Los camiones y furgonetas inundaban las arterias principales del centro de la ciudad dispuestos a abastecer a los comercios circundantes. Cientos de coches aprovechaban cualquier resquicio del carril que les hiciera avanzar más rápido en su ruta hacia la jornada laboral. Entre tantos coches, se encontraba circulando, por la calle Correos, el Toyota Prius híbrido de la inspectora Silvia, acompañada por el agente Griñán.

—Las dactiloscopias han arrojado un resultado de cinco huellas diferentes, halladas en la escena del crimen; de la cuales, dos de ellas corresponden a Elsa —como es obvio– – y a Javier Gil. Las otras tres huellas no aparecen registradas en nuestro fichero "SAID" —exponía Griñán ojeando una carpeta repleta de documentación.

—Tenemos concordancias en las huellas de Javier Gil porque estuvo fichado hace años por un delito de hurto. Las demás huellas corresponden a personas sin cargos ni antecedentes —añadió Silvia—. Tendremos que solicitar, por el tema de la protección de datos, permiso al juez para usar el fichero de los DNI.

—Es un rollo, porque tardará un día más —resopló Griñán.

—No te creas —Silvia pegó un volantazo—. Ahora mismo despejaremos una de las incógnitas —puso los cuatro intermitentes y apeó el coche a un lado de la calle Alfonso X El Sabio.

El agente Griñán iba a preguntar qué ocurría, pero al echar un vistazo al exterior del coche patrulla comprendió el argumento de su jefa. Por sorpresa, estaba aparcada una furgoneta de la empresa ConstrucService, y en ella Eric Barceló.

—¿Me estáis siguiendo? —preguntó Eric malhumorado, tras ver a los dos agentes.

—Buenos días, no. Ha sido coincidencia. ¿Qué hace por aquí? —preguntó la inspectora Pérez.

—Pues, ¿qué voy a hacer? Trabajar. Tengo que desinfectar unas oficinas del edificio de la Seguridad Social —

respondía mientras sacaba de la furgoneta utensilios de trabajo.

—Eric, ¿reconoce este bolso? —Silvia le entregó una tablet donde se podía visualizar una foto.

Tras ampliar la foto y observarla unos segundos, Eric respondió —Si, creo que era el bolso de Elsa, el que llevaba la noche que murió.

Griñán sacó su teléfono móvil e hizo varias fotos al interior de la furgoneta de Eric. Este tras verlo, devolvió la tablet a la inspectora jefa y cerró su furgoneta, con brío.

—Tengo que trabajar, lo siento. No puedo seguir hablando.

—Gracias, Eric. Seguiremos en contacto.

—Espero que detengan pronto al asesino de Elsa, adiós —Eric se despedía de los agentes con paso ligero y cubos y productos fitosanitarios en sus manos.

Los dos agentes volvieron al coche y retomaron su ruta.

—Ya tenemos las huellas de Eric —la inspectora guiñó un ojo a Griñán, entregándole con cuidado la tablet.

—Tenemos algo más, jefa —respondió este—. Mientras hablabas con él, pude ver algo que me resultó familiar en el interior de la furgoneta —Griñán encendió su teléfono móvil y revisó las fotos.

—Sin quitar ojo de la carretera, Silvia encogió sus hombros en señal de pregunta.

—Aquí está —Griñán amplió una de las fotos—. Tiene portainsectos iguales que el que se encontró en la escena del crimen.

—Buen trabajo —Silvia cambió de rumbo, repentinamente.

—¿Dónde vamos?

—He pensado volver al laboratorio y dejar las huellas de Eric, antes de ir a casa de Javier Gil.

—Buena idea, así ganamos tiempo.

Los agentes volvieron y entraron en el edificio de la Jefatura de la Policía Nacional. Buscaron al agente Borja Ribera para que examinara las huellas de la tablet y encontrara posibles concordancias. Cuando se disponían a marcharse de nuevo, el teléfono de la inspectora sonó.

—Hola Martos, dime —respondió Silvia al descolgar su teléfono —. Estamos precisamente aquí, vamos enseguida a verte.

—¿Qué dice Jose? —cuestionó Griñán.

—Quiere que subamos a su despacho. Tiene algo nuevo.

Los agentes se aligeraron en llegar al departamento de de Jose Antonio Martos. Ansiaban encontrar alguna pista definitiva o, al menos, que pudiera esclarecer la madeja de ovillo que tenían que tejer.

—Sentaos. Esto se pone interesante —argumentó Martos al ver a sus compañeros llegar.

Los ojos de Silvia y Griñán brillaban expectantes.

—Hemos realizado la prueba de Brentamina en las sábanas de la cama donde falleció la víctima y la detección de la fosfatasa ha dado positivo.

—Follaron en la cama, ¿y qué? —inquirió Griñán.

—Los restos de ADN encontrados no corresponden a Elsa Rubio Tornel.

—¿A quién corresponde? —se inclinó hacia adelante la inspectora Pérez, mostrando especial interés.

—No lo sabemos aún, pero al pasarle los rayos ultravioletas, la fluorescencia hace que el esperma adquiera una coloración blanco-azulada que acartona la sábana. Esto nos indica que esos restos seminales son de la misma noche del homicidio.

—Llama a Javier Gil Lora. Íbamos a ir a su casa, pero es mejor que venga aquí y lo interroguemos cuanto antes.

—¡Ahora mismo! —respondió Griñán a Silvia.

La puerta del despacho de Martos se abrió de repente.

—Disculpe inspectora, hay una persona que quiere verla. Dice que es relacionado con la muerte de Elsa Rubio.

—¿Quién es? —preguntó Silvia mirando a la vez a su compañero Griñán.

—Dice que es Pepi, madre de Olivia.

—Vaya, vaya. Esta mañana promete —se incorporó Silvia para salir del despacho, siguiendo sus pasos Griñán.

Los agentes bajaron y recibieron a Pepi con un saludo amable. Le ofrecieron café y pasaron al interior de una sala pequeña.

—Usted dirá, ¿qué le trae por aquí? —espetó Silvia, poniendo más nerviosa a Pepi.

—Miren, mi hija es inocente. Sé que hay coincidencias, como que estaba cerca del lugar y en el momento donde se produjo el homicidio. Y aquello de las avispas…Ella es una experta, como saben. Pero ella no haría daño a esa chica.

Los dos agentes, instruidos en interrogatorios, hicieron un silencio largo, invitando a continuar su alegato.

—Estoy muy nerviosa. Según lo que me ha contado mi hija y lo que se comenta en la calle, hay algo que no es cierto en las declaraciones que han recogido —prosiguió Pepi con mirada gacha.

—¿A qué se refiere? Vaya al grano.

—Pablo Morales y su esposa, Marioli, testificaron que ellos estaban lejos de las cabañas cuando ocurrió la muerte de Elsa.

Los agentes volvieron a hacer un silencio.

—A ver, esa noche bebimos mucho. Yo llevo años enamorada de Pablo Morales y tenemos escarceos esporádicos. Aquella noche, teníamos planeado vernos a escondidas en una de sus cabañas. Él fue, esta vez, muy meticuloso con el momento de encontrarnos. Parecía que estaba esperando algo.

A Pepi le temblaba la voz y las piernas por igual. Griñán le ofreció un botellín de agua, el cual agradeció dando un buen trago. Continuó su declaración.

—Llegamos por separado a la cabaña. Él debía estar dentro y dejaría la puerta abierta para mi llegada.

—¿Recuerda qué cabaña era? —interrumpió Silvia.

—Si, por supuesto, la número cinco.

Silvia suspiró resignada al comprobar que no era la cabaña número tres.

—Mientras todo el mundo disfrutaba del concierto de Funambulista, nosotros tuvimos sexo en aquella cabaña. Fue rápido y frío; extraño ya que, anteriormente, siempre fue muy pasional.

—Por favor, ¿puede explicar qué hay de raro en su declaración? Es lógico que mintiera, ya que no querría que se descubriera una infidelidad hacia su esposa —intervino Griñán con tono severo.

—Lo extraño es que teníamos planeado salir por separado de la cabaña. Primero saldría él solo y yo debía esperar un toque suyo a mi móvil para salir después. Me impacientaba ya que no me llegaba su aviso. Entonces, decidí mirar con sigilo a través de las ventanas de la cabaña. Por una de las ventanas pude ver a Pablo merodear, a escondidas, por el exterior de la cabaña número tres. Más tarde, se formó el famoso revuelo. Salí de la cabaña y me mezclé entre la multitud que se congregaba allí.

Los dos agentes hicieron un nuevo silencio, pero esta vez no era como técnica interrogatoria, sino porque ese dato fue buenísimo para el desarrollo de la investigación. Pepi los había dejado pensativos.

Tras varias preguntas, despidieron a Pepi diez minutos más tarde.

La mujer de Pablo Morales mintió en su declaración ––recordó Griñán ––. Confirmó que su marido y ella estuvieron con un grupo de amigos empresarios momentos antes del homicidio.

—Vamos a tener que hacerles una visita —razonó Silvia.

—Cuando quieras, jefa.

—Tranquilo, primero vamos a hablar con Javier Gil. Me acaban de avisar de que ya ha llegado —la inspectora señaló a Griñán una de las salas de interrogatorios. De camino a ella, pudieron cruzarse con los padres de Javier. Estos le habían acompañado a jefatura; sus caras eran el vivo retrato de la amargura y el temor. En contraposición, Javier permanecía impertérrito en sus emociones.

—Hola Javier, ¿cómo estás? —saludó Silvia lacónica.

—Bi-bien.

—Te hemos llamado para hacerte varias preguntas más.

Javier permaneció en silencio esperando la primera estocada. Le recordó a las regañinas de su madre cuando hacía algo mal. Aunque esta vez, la posible repercusión no sería quedarse castigado en su habitación.

—Javier, no sé si eres consciente de que el cadáver y todo el interior de la cabaña está repleta de tus huellas —comenzó Silvia Pérez.

—Si...

—Fuiste la última persona que vio con vida a Elsa Rubio Tornel. Solo por eso, se te puede acusar, desde homicidio si se demuestra que tienes relación directa con el uso de las avispas que causaron la muerte de Elsa; hasta un delito por omisión del deber de socorro, y visto que tienes algún antecedente de delitos por pequeños hurtos, la pena que te puede caer, en el menor de los casos, es de cuatro años de cárcel.

—Yo no-no quería na-nada malo para esa chica. Me-me-me encantaba Elsa —comenzó a hablar Javier—. Cuando aparecieron e-e-e-esas avispas me asusté mu-mu-mucho. Intenté ayudarla, le pude qui-quitar una de las esposas, pe-pe-pero me picaron algunas avispas y sa-sa-salí a pedir ayuda.

—¿Me estás diciendo que dejaste a tu amiga engrilletada en la cama con una nube de avispas encima para pedir ayuda?, ¿eso se hace a una amiga?—preguntó Griñán casi gritando.

—No po-podía quitársela, es-es- estaba muy nervioso y sa-salí corriendo pa-para que alguien me ayudara, le-le digo la-la verdad —argumentó Javier entre sollozos.

—¿Puedes demostrar que esa chica no estaba bajo su voluntad engrilletada en el interior de la cabaña número tres aquella noche? —intervino Griñán, que parecía mostrar cierta empatía sobre Javier.

—Claro, mu-mucha gente nos debió ver bailar y divertirnos esa no-no-noche —Javier se quedó pensativo, le vino un recuerdo «Mira lo que tengo, esta misma mañana me las han traído los de Amazon» —. ¡Además, las esposas las trajo e-e-ella! ¡Me-me dijo que las había comprado en A-Amazon!

—Ordena a los de informática que investiguen la cuenta de Amazon de Elsa para ver si compró esas esposas ––ordenó la inspectora jefa a Griñán—. De todas las pruebas recogidas para la investigación, no apareció el teléfono móvil de la víctima, ¿lo cogiste tú, Javier?

—No, no sé nada de ningún teléfono —mintió por miedo de caerle un nuevo delito por hurto en la escena de un crimen.

—¿Estás seguro? —insistió Silvia.

—Si… —Javier dudó en revelar la verdad, pero pensó que podía ir en su contra e incluso involucrarlo más en el homicidio.

La inspectora Pérez no creyó a Javier, lo cual provocó mayor enfado en ella.

—¿Tienes idea de quién pudo y por qué introducir esas avispas en el interior de la cabaña? —preguntó Silvia en tono severo y directo.

Tras unos segundos pensando, Javier respondió —Lo-lo-lo siento, no. Solo sé lo-lo que la gente di-dice por *Cotillap*. Alguna bro-broma de mal gusto que a alguien se-se-se le fue de las ma-manos.

—Mira, se te requisó el ordenador portátil y hemos visto unas carpetas con cientos de fotos y videos de Elsa recopiladas desde años atrás. Esas carpetas estaban eliminadas, pero hemos podido recuperarlas y descubrirlas. Se vislumbra en ti un trastorno obsesivo compulsivo hacia ella. Consigues una cita con ella y acabáis en una cabaña, ella esposada y acribillada por picaduras de avispas. ¿Puede ser que quisieras sexo y ella se negó a última hora y te vengaras? —A Silvia se le agotaba la paciencia. Alzó la voz tanto, que los padres de Javier pudieron oírla desde fuera de los interrogatorios.

—¡No! Eso no es así. E-e-esa chica me gustaba, pero nunca quiso na-nada de mí. ¡De hecho, me-me-me sorprendió cuando hace poco empezó a hablarme!

—Chaval, en tus búsquedas de internet, recientemente, hemos visto que has buscado información sobre insectos raros.

—Eso es porque qui-qui-quise tener un acercamiento con O-O-Olivia, y qui-quise te-tener conocimientos de insectos porque a ella le-le-le gustan mu-mucho. Se burlan de ella, como de mí. En alguna o-ocasión nos he-hemos liado.

—Javier, se ha encontrado semen en la cama donde falleció Elsa, sin embargo la autopsia del cadáver no revela relación sexual de la víctima, al menos vaginal o anal. ¿Tienes algo que contarnos que nos pueda ayudar a esclarecer? Si eres inocente, debes pensar en darnos algo interesante para creerte —Griñán mostró cierta comprensión hacia Javier y Silvia se dio cuenta de tal actitud de su compañero.

—No hice na-na-nada con Elsa, no dio tiempo. ¡Ese semen no es m-mi-mío!

—Pues eso lo tendremos que comprobar, Javier. De momento, mientras te hacemos una prueba de ADN, eres sospechoso de asesinato; así que permanecerás en el calabozo. Tienes derecho a un abogado, si no puedes pagarlo se te asignará uno de oficio —Silvia terminó la frase de manera fugaz. Mostraba una imagen molesta y hastiada, sorprendiendo incluso a su compañero Griñán, que prefirió mantener silencio y acompañar a Javier a los calabozos.

Silvia caminó hacia la máquina expendedora de cafés. Se frotaba la cara con las dos manos, dando muestras de cansancio. Mientras caía su café en el vaso de plástico, pensaba en las múltiples opciones para dilucidar el caso. En sus años como inspectora jefa de homicidios no se le había planteado un caso con tantas coincidencias, o quizás no eran coincidencias. Su cabeza estallaba. Entre tanto sorbía con cuidado un café con leche hirviendo, leía el mensaje de su compañero Borja Ribera: «Las huellas de Eric coinciden.»

—¿Me invitas a un café? No llevo monedas.

—Claro —Silvia le dio un euro a Griñán, que ya había llevado a Javier a los calabozos e informado a sus padres.

—Aquí, los árboles no nos dejan ver el bosque. Me da la impresión que estamos buscando en lo que se ve, cuando debemos emplear nuestro esfuerzo en lo que no se ve. Ese es el error que estamos cometiendo, Griñán.

—A qué te refieres, jefa.

—Pudo haber sido una venganza de Olivia, que se le fue de las manos. Pudo ser un mal montaje de Eric y Alan que quisieran poner un colofón a su rumor con las avispas y también se les fue de las manos. Pudo ser una obsesión de Javier por esa chica, que recibiera burlas y negativas durante años y quiso vengarse esa noche. Eso es lo que se ve, pero la clave debe estar en un contexto que no se ve, pero que daría sentido a todas estas coincidencias. Vamos a tener que investigar un nivel superior: conocer el pasado para comprender que, lo que parecen casualidades, pueden ser causalidades.

CAPÍTULO 16

Llano de Brujas, 5 semanas antes...

—No puedo, Eric. Tengo que ir a comprar unas cosas que mi padre me ha encargado. Nos vemos más tarde, sin falta. Un abrazo, hermano —Alan colgó su teléfono y siguió besándola apasionadamente.

—Espera. ¿Estás seguro que nadie nos ha visto entrar aquí?

—¡Claro que no! No seas tonta, relájate... —Alan prosiguió su estudio de prospección femenino, esta vez por la meseta de sus nalgas.

Aquel pequeño hotel se encontraba en la autovía de Murcia-Cartagena, en la localidad de Portmán. Tenía fama de ser un punto de encuentros furtivos para parejas clandestinas. Sus habitaciones eran amplias, limpias y cómodas; su precio estaba ajustado al máximo para conseguir ampliar su cartera de clientes amorosos.

—¡Joder, cómo me pones, tío! Ven aquí...—
descendió hasta el centro de gravedad de Alan—. De todos
los tíos con los que he estado, tú eres quién mejor me conoce.

Alan reposó su mano en la nuca de ella y la invitó a
bucear entre los corales de sus piernas. Tras cuarenta minutos
de enredos entre sábanas y posterior ducha, la pareja salía, del
agradable hotel, relajados y sonrientes.

—¿Dónde te dejo?

—No sé, evidentemente, en el pueblo no.

—Vale. Si Eric nos ve me la lía —Alan arrancó su
coche y puso rumbo a Murcia.

A sesenta kilómetros de allí, en Llano de Brujas, Eric
seguía probando suerte con su teléfono móvil.

«¡La hostia!, ¿dónde coño están metidos hoy?» Se decía
al realizar dos llamadas a Elsa y una a Olivia, obteniendo por
respuesta un bonito buzón de voz en ambos casos.

En una casa rural de Moratalla se encontraba una de las destinatarias de las llamadas de Eric.

—¿Quién era?

—Eric. Querrá hablar para ver qué hacemos hoy —contestó Elsa abrochándose el sujetador.

—Es un poco pesado, aunque buen zagal.

—Somos buenos amigos. Solemos juntarnos a diario, junto con Alan y Olivia, para contarnos cómo nos ha ido el día antes de irnos a casa —Elsa le acercó el cinturón para que terminara pronto de vestirse.

—Bueno nena, ya vemos cuándo nos juntamos otra vez. ¡Cada día te superas!

—De eso quería yo hablarte… —Elsa sacó su teléfono móvil y comenzó a mostrar unos videos.

En Llano de Brujas, Olivia devolvía la llamada a Eric.

—Tía, hoy ninguno me cogéis el teléfono. Te he llamado a ti, a Elsa y a Alan y no dais señales de vida.

—Estaba estudiando, Eric. Mañana tengo un parcial importante para acabar la carrera. Escuché mi móvil sonar y no me dio tiempo a descolgarlo —justificó Olivia—. Dime cosas.

—Pues nada, llamaba por si nos juntábamos luego un ratico, como siempre.

—No prometo nada. Estoy repasando y mi conciencia tiene que quedarse tranquila para poder salir a la calle. Si veo que voy bien, os aviso y nos vemos en el Evolution.

—Vale. Voy a ver si localizo a estos dos y nos vemos a las 20:00h en el Evo —se despidió Eric de su amiga y prosiguió poniendo cepos para ratas en una casa de campo de El Garruchal.

Minutos más tarde, Alan aparcaba una de las furgonetas de la empresa de su padre cerca de una parada de bus, en Puente Tocinos.

—¿Te dejo aquí entonces? ¿Estás segura? —Alan la miró con ojos tiernos.

—Si, no te preocupes. Desde aquí cogeré el bus para ir a casa. Es lo mejor. Ya vamos hablando, guapo —se despidió de él con un ligero abrazo que sustituía a un deseado beso.

Justo cuando ella abrió la puerta para salir de la furgoneta, Alan cruzó su mirada a lo largo de la calle y, entre dos árboles, vio a un chaval con su teléfono móvil alzado; con su punto de mira en línea a la furgoneta de ellos. Un escalofrío recorrió su cuerpo al imaginar que pudieron ser grabados y fruto de un nuevo rumor para *Cotillapp*. Decidió no advertirla para no preocuparla.

De camino a Llano de Brujas, él mismo se decía «Si nos ha grabado, solo se verá que estábamos hablando dentro de la furgoneta y despidiéndonos con un abrazo, sin más». «No tendrá peso ese rumor». «¿Y si el hijo de puta nos ha estado controlando y tiene más videos nuestros de otros días?». Con preocupación llegó al pueblo, miró su reloj y decidió llamar a su amigo Eric, para verse en la cafetería.

Dos horas después, los cuatro amigos departían acompañados de un cubo de quintos de Estrella Levante y un platillo con frutos secos.

—¡Menudas ratas! ¡Parecían conejos! Nos hemos tirado varios días para quitar la plaga que había en aquella casa.

—¡Qué asco! Yo soy la dueña y pongo la casa en venta —señaló Elsa con cara de miedo.

—¡Qué exagerada eres!

—¿Cómo llevas el examen, Olivia? —preguntó Alan.

—Bien, aprobaré. Por un lado, estoy deseando acabar la carrera, pero por otro, me da miedo el mundo laboral. Lo veo cerca y no sé qué oportunidades tendré.

—Tranquila, tía. Siempre podrás trabajar en la empresa del padre de Alan matando insectos…Al menos sabes cómo se comportan —bromeó Eric, a sabiendas que picaría a su amiga.

—¡Qué graciosillo! No, en serio, probaré en algún laboratorio.

—Y tú, Elsa, ¿dónde estabas metida que no contestabas? —preguntó Eric.

En ese momento, sonó al unísono una alerta en los teléfonos móviles. Cada uno sacó el suyo y comprobaron que era el aviso de un nuevo rumor en la zona.

—A ver, a ver. ¡Tenemos carne fresca! —exclamó Eric, acompañado de sonrisas de Elsa y Olivia y de seriedad por parte de Alan.

—¡Joooooooooder! Esta furgoneta es de ConstrucService. No se ve bien quién es el conductor —Olivia ampliaba la imagen, en su teléfono móvil, tratando de identificar a los protagonistas.

—Coño, un trabajador de la empresa está metido en un nuevo cotilleo. Medio pueblo trabaja para tu padre. A ver qué más pone… —Elsa siguió avanzando en la lectura del nuevo rumor.

Alan, con un nudo en la garganta, intentaba disimular el pinchazo que sentía en su estómago. Fue pasando fotos, comprobando que, de momento, él no estaba identificado.

—Esto se pone interesante —intervino Eric—, por lo que se intuye, el morbo está en la chica —razonó al ir pasando fotos y leyendo la descripción que el usuario del rumor había subido a la app—. El tío no se ve quién es…

Los cuatro estaban concentrados, observando los teléfonos, sin mirarse unos a otros; hasta que llegaron a la última foto, donde se veía fuera de la furgoneta quién era la mujer.

—¡No me lo puedo creer!

CAPÍTULO 17

Sede Central de ConstrucService, 13 de Marzo de 2018

Martes, 09:30h.

—Carmen búscame un vuelo para Lyon para la semana que viene, por favor. Me da igual el día, estaré un par de noches —Pablo Morales llevaba un ritmo frenético de trabajo en su oficina. La empresa estaba creciendo y ampliando departamentos. Comenzó como una empresa de reformas y hoy en día era una referencia en la región de Murcia en cuanto a la construcción, promoción y servicios integrales como vigilancia, jardinería, mantenimiento y gestión. Su mejor producto eran las urbanizaciones de alto standing.

Alan había terminado sus estudios de administración de empresas. Comenzó a aprender los entresijos del negocio familiar. Poco a poco, su padre lo hacía partícipe en las reuniones de dirección, oyente asiduo de técnicas de negociación y alumno preferencial en planificación de objetivos. Los libros de la universidad no le habían ofrecido tal experiencia.

—Oye Papá, ¿dónde dejo estos albaranes? —preguntó Alan, intentando seguir de cerca los apresurados pasos de su padre.

—Déjalos en la mesa de mi despacho, al lado del teclado del ordenador.

—Vale —Alan resopló al girarse, ya que el despacho de su padre estaba en la último piso de aquel edificio de cinco plantas.

—Carmen, salvo que sea muy importante, no me pases ninguna llamada. Si llaman proveedores o bancos, agéndamelos. Hoy voy a tener varias reuniones importantes fuera de la oficina y no quiero distracciones —Pablo sacó las llaves de su coche y se colocó las gafas de sol justo antes de salir del edificio.

—¡Vaya! ¿Le pillamos mal, señor Morales? —la inspectora Pérez y Griñán casi se chocaron con Pablo en la puerta de entrada.

—Pues, la verdad es que sí. Justamente me disponía a salir a una reunión que tengo a las 10:00h.

—Es importante. Creo que debería llamar para avisar de que llegará algo más tarde —advirtió Silvia.

—Lo siento, de verdad. No puedo —Pablo hizo un sutil deslizamiento entre los dos agentes para proseguir el camino hacia su coche.

—En ese caso, quizás tendremos que ir a ver a su esposa para hacerle algunas preguntas sobre usted y Josefa Lax —la inspectora ironizó tanto su tono de voz que provocó la petrificación de los pies de Pablo.

—Acompáñenme —Pablo giró por sus pasos chocando sus hombros con los de los agentes, al pasar entre ambos. Una vez dentro del edificio nuevamente, avisó a su secretaria para que no les molestaran. Indicó a los agentes pasar a una habitación, en cuyo rótulo se podía leer «Sala de Juntas».

—Señor Morales, en su declaración en la noche del homicidio nos mintió —sentenció Griñán como una estocada a la yugular.

—No sé a qué se refiere —Pablo no mostraba alteración alguna.

—Mi compañero se refiere al momento dónde usted y su esposa nos confirmaron que permanecieron juntos toda la fiesta, en la noche del homicidio en su Finca. Usted sabe que eso no es cierto.

—Bueno, es posible que en algún momento no estuviera con Marioli. Estuve saludando a amigos y empresarios, disfrutando de la noche y sus actividades. ¡Mi mujer y yo no íbamos encadenados! ¡Por Dios!...

—No nos referimos a eso, señor Morales. Sabemos que, en un momento de la noche, usted y la señora Josefa Lax tuvieron un encuentro privado en una de sus cabañas.

Pablo tragó saliva, hecho que fue percibido por Silvia Pérez y su compañero Griñán.

—Lleven cuidado con lo que dicen. Me conozco sus jueguecitos de interrogatorios —respondió sin mirar a la cara a los agentes.

—Cabaña número cinco, polvo rápido, ella con ropa interior rosa; al terminar, usted salió de la cabaña primero y luego ella… —instigó Silvia—. ¿A estos jueguecitos se refiere usted?

—Está bien, ¿qué quieren saber? Como comprenderán, mentí para que mi mujer no descubriera la infidelidad.

—Nos sorprendió que su mujer mintiera también, confirmando que estuvieron juntos toda la noche.

—No sé… Es posible que estuviera nerviosa y que dijera eso para evitar cualquier suspicacia.

—Hay una hecho significativo que queremos que nos explique —Silvia cambió el tono de voz, cada vez más serio y directo—. Cuando usted salió de la cabaña número cinco fue, con cautela, a observar desde las ventanas el interior de la cabaña número tres, ¿por qué?

—¡Qué dicen! Yo no estuve observando la cabaña tres. Salí de la cabaña cinco cuando escuché revuelo. Luego vi a mi hijo y a sus amigos y corrí a ver qué sucedía.

—Josefa quedó dentro de la cabaña número cinco y usted…

—No, no. Perdonen —Pablo interrumpió a Griñán para corregir su alegato—, cuando terminamos de tener sexo, teníamos planeado que Pepi saliera primero. Yo esperaría dentro de la cabaña y al rato saldría con disimulo. ¿Cómo voy a salir yo primero si tenía que cerrar con llave la cabaña?

Los agentes se miraron y guardaron silencio.

—Entonces, usted asegura que Josefa fue la persona que salió primero de la cabaña número cinco. ¿Pudo ver qué hizo tras salir?

—Pues no lo sé, la verdad. Yo me quedé sentado en el sofá, con la luz apagada, ojeando webs desde mi teléfono móvil. Cuando escuché griterío salí de la cabaña y ya estaba todo el circo montado…

—Señor Morales, necesitaríamos hacer un nuevo registro a esas cabañas. ¿Tendría usted algún problema? —cuestionó la inspectora Pérez.

—¿Tienen una orden judicial?

—No, pero dado el caso, la podría conseguir rápidamente.

—Da igual, no tengo ningún problema. Tan solo una pregunta, ¿se enterará mi mujer de todo esto? —Pablo miró a los agentes sin pestañear.

—Depende del desarrollo de la investigación. Si hay datos relevantes que influyen en la resolución del caso, es posible que todo salga a la luz —contestó Griñán.

—¿Nos puede usted acompañar a su Finca? —preguntó Silvia.

—¿Ahora?

—Si.

—Miren, tengo mucho trabajo que hacer. No tengo problemas en dejarles las llaves de la Finca para que trabajen el tiempo que necesiten, pero yo tengo varias reuniones a las que asistir, y en una de ellas voy tardísimo. Si me disculpan… —Pablo extrajo unas llaves de su bolsillo y se las ofreció a los agentes. Estos se despidieron del empresario y se marcharon de ConstrucService.

—Papá, ¿dónde estabas? ¿Qué hacían esos policías aquí? —Alan vio salir a los agentes y despedirse de su padre.

—Estábamos hablando ahí dentro. No pasa nada, hijo. Tranquilo, querían ir de nuevo a la Finca a examinar las cabañas otra vez. Les he dejado las llaves. Imagino que necesitarán más datos para la investigación…

—¿Qué opinas? —Griñán quería saber la opinión de Silvia, antes de pronunciarse él.

—Estaba nervioso al principio. Cuando ha comprobado que sabíamos su *affaire* con la madre de Olivia, lo he visto mucho más seguro e incluso aliviado. No sé, quiero ver primero la cabaña. Ojalá encontremos algo donde poder agarrarnos fuertemente.

—Jefa, pues yo opino que este tío tiene algo turbio. Desde el primer día que lo conocí… No sé el qué, llámalo intuición, pero me da en la nariz que algo tiene que ver.

—Ya lo veremos, Griñán —Silvia insinuó prudencia a su compañero—. ¿Y no te preguntas por qué pudo mentir la señora Lax? ¿Quién dice la verdad? Tenemos que hacerle una nueva visita, porque hay que comprobar las incongruencias de sus declaraciones…Oye, vamos a tomar un café antes de ir a la Finca. Necesito estar muy despierta en las cabañas.

—Yo estoy deseando llegar allí. ¿Te importa si los pido para llevar?

Silvia miró con desesperación a su joven compañero y aceptó su propuesta con una media sonrisa.

Según el GPS, estaban a escasos cinco minutos de su destino, La Finca Morales, a las afueras de Llano de Brujas. Silvia, aunque estuvo la noche del homicidio, solía despistarse con las direcciones, y no recordaba cómo llegar hasta allí.

—Es por aquí. Tienes que girar tras ese ciprés. Lleva cuidado, cerca hay un bancal —le guiaba Griñán.

Los agentes aparcaron el coche y se dirigieron hacia el gran portón de entrada.

—Qué raro, no ha hecho falta girar más la cerradura. No estaba echado el pestillo —aclaró la inspectora jefa.

—Estos ricos son muy confiados, jefa.

El interior de la Finca era un auténtico desastre. Habían pasado varios días desde el fatal homicidio de Elsa y aún seguía todo igual. No se había tocado nada. Basura sin recoger, mesas y sillas tiradas por el césped, balizas y cordones policiales en zonas concretas… Un escenario de cualquier película de terror.

La Finca Morales no guardaba una forma regular. Al entrar a ella, te daba la bienvenida un largo y ancho pasillo de grava enmarcado por palmeras arecas, que servía para el acceso de vehículos hasta una enorme explanada de aparcamientos, ubicados a la derecha. Frente a los aparcamientos estaba el área edificada: mesas y sillas de piedra, enclavadas al pavimento, así como una amplia zona para cocinar, con barbacoas, hornos y planchas. A continuación, Pablo quiso que le construyeran una zona de aseos, diferenciados por femeninos y masculinos. En el centro de la zona edificable había una impresionante piscina con isla, que presumía de una fabulosa cascada con vegetación tropical. Algunos árboles centenarios, rodeados de una exuberante vegetación, configuraban un entorno paradisíaco. Apartado de este centro neurálgico de la Finca, estaban los establos, jaulas y vallados de animales de granja; en la zona Este. Mientras que en la zona Oeste, destacaba un gran huerto hortofrutícola. De manera diseminada, la organización del evento había colocado varios aseos químicos. Por último, al fondo de la Finca, sobre una ladera, se localizaban diez cabañas de madera de diferente tamaños y formas; todas con un pequeño porche. Las cabañas estaban enumeradas y separadas entre sí unos diez metros, para garantizar cierta intimidad.

—La zona de las cabañas era por allí —recordó Griñán.

Los agentes llegaron a la cabaña cinco y Silvia buscó la llave para acceder a su interior. Una vez dentro, observaron detenidamente la habitación y el salón. Era una cabaña pequeña, sin baño. Decidieron tomar las sábanas de la cama para analizarlas.

—Cierra esas mallorquinas de las ventanas y echa las cortinas —ordenó Silvia—. Quiero la mayor oscuridad posible —aclaró apagando las luces.

La inspectora sacó, de un pequeño maletín negro que llevaba consigo, una lámpara de Wood portátil y comenzó a examinar cada palmo de la estancia.

—Parece que no hay restos de sangre —confirmó Griñán.

—Eso parece. Antes de irnos, me gustaría repasar la cabaña número tres.

Cuando los agentes se recolocaban los guantes y se disponían a salir, un ligero ruido captó su atención.

—¿Qué es eso? —Silvia miró hacia una de las ventanas.

Griñán, con una mano en su Compac de 9 milímetros y la otra en el pomo de la puerta, hizo una señal a su compañera de que el sonido venía del exterior.

—Parece que hay alguien —musitó la agente.

Ambos salieron de la cabaña con sigilo. No veían nada extraño, pero se percibía la presencia de alguien más. Caminaron unos metros con cautela, mirando para todos los lados. El ruido del motor de una moto focalizó la concentración de los agentes. Provenía de unos cincuenta metros de allí, concretamente de la parcela de la cabaña número tres.

—¡Alto, policía! —exclamó Silvia.

El ruido de las revoluciones y el olor a gasolina fue la respuesta a la orden de la inspectora. La persona que conducía la moto aceleró de golpe para escapar de allí. Los agentes corrieron para intentar neutralizarlo. Vestía con un chándal negro a juego con el casco que usaba. No se le podía identificar. Los agentes pudieron ver que portaba una mochila a sus espaldas.

A pesar de ir con pistola en mano, Griñán y Silvia comprobaron que no consiguieron disuadir al fugitivo y decidieron separarse para bloquear su paso. Tenían poco tiempo.

—¡Detente! —Griñán corrió en diagonal a la trayectoria del motorista, intuyendo que se dirigiría hacia la puerta de entrada. Atravesó a toda prisa el huerto, saltando varios tableros de madera que separaban zonas de diferente plantación. El motorista aceleraba cada vez más la moto, derrapando y esquivando cantos rodados. Le quedaban unos veinte metros para llegar al portón principal. Griñán sabía que esa puerta no era automática por lo que el fugitivo necesitaría cierto tiempo para abrir la cerradura y conseguir escapar. Las pulsaciones se amontonaban y parecían explotar como un volcán en erupción. El agente, aunque en plena forma física, agotaba sus reservas de fosfocreatina y empezaba a sentir cierto cansancio muscular.

El motorista llegó al portón, se bajó de la moto y se dispuso a abrir la cerradura a toda prisa. Por suerte, Silvia echó el pestillo tras entrar en la Finca y este se puso nervioso y no atinó a girar por completo el bombín, cayéndose un manojo de llaves al suelo y permaneciendo el portón cerrado. Griñán esprintó todo lo que pudo, llegando a agarrar por el hombro al motorista justo cuando volvía a subirse a la moto. Este aceleró de nuevo y el agente perdió el equilibrio, doblándose su cuerpo en dirección perpendicular respecto a la posición de sus piernas. Un sonoro "crack" hizo que Griñán cayera al suelo rabiando de dolor. Su posición fetal y sus manos sobre la rótula presagiaban una grave lesión de rodilla.

El fugitivo se apresuró en conducir en dirección contraria. Su meta era la puerta de carga y descarga, que se encontraba al lado opuesto de la Finca.

Estaba a punto de llegar; iba a conseguir escapar, pero Silvia Pérez apareció, por sorpresa, tras un helecho gigante apuntando de frente a la trayectoria del motorista. Apuntaba a la cabeza con sus brazos extendidos y firmes. Apretó el gatillo y levanto, a última hora, sus brazos para que la bala se proyectara al cielo. El motorista se asustó y maniobró bruscamente con su moto, provocando desestabilizarlo y perder el equilibrio súbitamente. Salió disparado por los aires, rodando por el césped. En su última vuelta, quedó boca arriba, pudiendo ver cómo la inspectora jefa le apuntaba de cerca, esta vez para no fallar.

—¡Ten huevos de moverte! —Silvia le clavó una rodilla sobre el pecho y golpeó la visera del casco con el cañón de su pistola.

—¡Quítate el casco! ¡Despacio! — se retiró un metro del motorista, sin dejar de apuntarlo.

El individuo, tirado aún en el suelo, procedió a extraerse el casco integral, muy despacio.

—¡Alan! —exclamó con sorpresa Silvia.

CAPÍTULO 18

—¿Cómo está Griñán?

—Jodido. La ambulancia lo llevó al hospital Quirón y, parece ser, que tiene roto los dos cruzados de la rodilla derecha; el anterior y el posterior.

—¡Hostia! Va a estar unos cuantos meses de baja —silbó y agitó su mano el agente José Martos, en señal de infortunio.

—¿Qué pasa con Javier Gil Lora? ¿He visto que ya no está arrestado? —demandó Silvia con recelo.

—Sí, inspectora. Lo hemos tenido que soltar al no haber pruebas fehacientes sobre él. Su abogado estuvo apretando, ya que el ADN encontrado en los restos seminales de aquellas sábanas no corresponde a él y, además, resulta que investigando en la cuenta de Amazon de la víctima, hemos comprobado que, efectivamente, ella compró las mismas esposas que se encontraron en aquella cabaña. Por tanto, dijo la verdad Javier. Parece ser que ella llevó las esposas, no él. Lo hemos soltado hace una hora.

—Hay que seguir controlándolo —ordenó la inspectora—. Estoy segura de que el teléfono móvil de Elsa lo tiene él. Tenemos cambio de cromos. Sale Javier, entra Alan…

—¿Lo has interrogado ya? —preguntó el agente Borja Ribera.

—El niño de papá dice que, sin su abogado, no piensa declarar. Estoy esperándolo. Seguro que no tarda en llegar —aclaró Silvia Pérez resignada.

—Este caso se está complicando, Silvia —apuntó José Martos—. Además de la dificultad de las pesquisas, la app *Cotillapp* es un hervidero de opiniones sobre el caso. Los medios de comunicación están empezando a bombardearnos. La gente se impacienta.

—Lo sé, lo sé… ¡Esta maldita investigación me está volviendo loca! Hay huellas en la escena del crimen, de cinco personas diferentes: Elsa, Alan, Eric, Javier y… una quinta que desconocemos. Esa persona no está fichada en nuestro SAID. Aparecen restos seminales en la cama donde murió la víctima, y no son de Javier. Hubo sexo esa noche, en esa cabaña. Pablo Morales tuvo sexo en la cabaña número cinco con Josefa, madre de Olivia, que a su vez sabemos de la animadversión que tenía sobre Elsa; y sus conocimientos sobre insectos… Las avispas de origen sudamericano…Hay declaraciones contradictorias de Pablo Morales y Josefa Lax… Estos cuatro amigos y sus montajes en *Cotillapp*…La desaparición del teléfono móvil de Elsa… Encontramos a Alan en la zona de cabañas huyendo a nuestra voz de "Alto". En su mochila llevaba productos de limpieza…No sé si todo está unido…Hay algo que se me escapa.

—¡Hombre! Creo yo que el hecho de que aparezca Alan momentos antes de vuestra visita a las cabañas, para hacer desaparecer o modificar posibles pruebas, lo involucra de lleno, ¿no, jefa? —sugirió Borja Ribera.

—Evidentemente, algo quería ocultar o hacer desaparecer. De momento, se convierte en el premio gordo. A ver qué nos cuenta y qué nos demuestra —razonó Silvia Pérez —. Pero no perdamos de vista al resto, sobre todo a Pablo Morales y Josefa Lax; me mosquea qué le llevo a mentir.

—Otra cosa, respecto al teléfono móvil de la víctima, hay usuarios de *Cotillapp* que se están mojando. Opinan que ese teléfono está roto y escondido por la Finca —añadió Borja Ribera.

—Es una opción. Se ha rastreado cada palmo de la Finca. Yo pienso que la persona interesada en que no apareciera ese teléfono se lo llevó consigo aquella noche. Por aquel entonces, no había sospechosos, por lo que no se registró a nadie. Cuando pregunté a Javier, lo negó, pero hay algo que me dice que no dice toda la verdad. O lo tiene él o sabe quién lo tiene.

El interior de aquella sala estaba tan cargado de cafeína, que hacía falta un camión de azúcar para poder endulzar un poco el ambiente que se respiraba. Los agentes exponían todas las fichas de juego sobre la mesa, trazaban flechas y los marcadores fosforitos parecían cobrar verdadero protagonismo entre aquellas montañas de folios.

Una voz masculina irrumpió, tras abrirse la puerta de la sala y romper la lluvia de ideas que flotaba entre los agentes —El abogado de Alan Morales ha llegado —dijo—.

—Muchas gracias, voy enseguida —respondió Silvia.

Silvia acordó un paréntesis con sus dos compañeros y bajó a la sala de interrogatorios. Al pasar por el hall de entrada de la jefatura, pudo cruzar una fría mirada con los padres de Alan, que esperaban con rostros serios.

Cuando la inspectora entró en la sala, comprendió rápidamente que era lógico encontrarse a tal abogado defendiendo a Alan. No lo tendría fácil. Eduardo de Figueroa era un prestigioso abogado murciano, respetado por fiscales y jueces. Su fama venía avalada por representar a clientes involucrados en complicados casos de interés público. Su gabinete era caballo ganador. Alan, siendo hijo de quién era, podía permitirse que velara por sus intereses un abogado como este.

Tras algo más de una hora en el interior de la sala de interrogatorios, Silvia salió con el consentimiento para una prueba de ADN de Alan, y con una declaración más que interesante. Mientras, el hijo de Pablo Morales y Marioli seguiría en el calabozo.

Salió apresurada de la Jefatura, montó en su coche y puso a prueba el motor eléctrico de su nuevo Toyota. Tenía que volver a Llano de Brujas para tomar una nueva declaración para comprobar la veracidad de lo expuesto por Alan.

Tras varios días de investigación, el coche de la inspectora jefa de homicidios de Murcia era conocido por el pueblo. Pronto, curiosos empezaron a seguir el trayecto del coche de Silvia. Esta se detuvo frente a la casa de los padres de Elsa, Antonio Rubio y Lidia Tornel.

De inmediato, la rumorología volvió a encender la actividad de *Cotillapp*.

—Hola, inspectora. ¡Qué sorpresa! Pase, por favor —Antonio invitó a Silvia al interior de su casa.

—¿Tienen novedades? ¿Saben ya quién pudo matar a nuestra hija? —Lidia apareció por el pasillo al encuentro de estos, tras escuchar a su marido saludar a la inspectora.

—De momento no —contestó con cierta consternación—. He venido porque necesito averiguar algo que puede ser importante en la investigación.

—Usted dirá —manifestó Antonio tomando asiento en el sofá del salón.

—Realmente, con quién necesito hablar es con su hija Carla. Al ser una menor, necesito vuestro consentimiento —esa afirmación de la agente congeló el interior de los padres como un témpano del Polo Norte.

El repiqueteo de los tacones de unos zapatos delató la aparición de Carla en el salón.

—¿Qué pasa?

—Hija, la inspectora quiere hacerte varias preguntas. Siéntate aquí, por favor —sugirió Lidia.

—Había quedado con…

—¡Siéntate! —vociferó su padre.

Carla, furiosa, miró desafiante a su padre mientras enviaba un mensaje desde su móvil y se sentaba en una silla, alejada de Antonio y Lidia.

—Hola Carla, como te han dicho tus padres, soy la inspectora Silvia Pérez y…

—Sí, la recuerdo perfectamente —interrumpió Carla irritada.

—…Y necesito hablar contigo —prosiguió la agente, a sabiendas de que necesitaría mucha paciencia para que no se le fueran los nervios con aquella adolescente.

—¿Qué quieres saber?

—¿Tienes novio? —empezó la inspectora Pérez.

—No. ¿Qué tiene que ver eso con mi hermana? Es que no entiendo nada… —protestó.

—Carla, responde a lo que te pregunte. ¡Compórtate, por Dios! —exclamó su padre.

—¿No has estado viéndote con ningún chico últimamente? —continuó Silvia.

—Me veo con varios chicos. No son novios, solo amigos.

—Vale. Entre tus amigos, ¿es Alan Morales especial para ti? —Silvia giró la tuerca y fue al grano.

Se hizo un silencio en el salón. Los padres de Carla se miraban con cara de incredulidad.

—Es un amigo más. De hecho, lo conozco desde siempre. Era amigo de mi hermana.

—¡No me jodas, Carla! La inspectora está insinuando algo. No te hagas la tonta y contesta, por favor —intervino, de nuevo, Antonio.

—Hay un registro de viajeros en el Hotel Portmán con tu nombre y el suyo —instigó la inspectora.

A Carla se le cortó, de raíz, la chulería.

—¿Nos dejáis solas, por favor? —Silvia entendió que sería más cómodo para Carla hablar de ello sin sus padres delante.

Lidia convenció a su airado marido y se marcharon a su habitación, quedando a solas Carla y Silvia en el salón de la casa.

—Mira —casi susurraba—, estábamos enrollados. A mí me pone mucho Alan. Cuando lo veía con mi hermana y sus amigos, me comía de envidia por no poder estar con ellos. No era nada estable, solo sexo de vez en cuando.

—Céntrate en la noche de la fiesta del pueblo, cuando murió tu hermana —afinó la inspectora.

—Nosotros nos veíamos a escondidas. Yo tengo dieciséis años y él veinticinco. Alan siempre tenía miedo de que pudiera cometer un delito o algo así. Aunque leímos por internet que, a partir de mi edad, y si era consentido, no lo era. Aun así, él prefería que no se supiera.

—Por favor, céntrate en la noche que falleció tu hermana. ¿Tuvisteis algún encuentro sexual? —insistió resoplando Silvia.

—Aquella noche teníamos planeado perdernos un ratico y meternos en una de las cabañas de su padre. A él le ponía mucho la sensación de haber mucha gente y hacerlo en secreto y a escondidas. Así que nos metimos en una de las cabañas para hacerlo.

—¿En qué cabaña?

—En la tres.

—¿A qué hora fue, más o menos?

—Era de noche. Recuerdo que fue al principio del concierto de Funambulista.

—¿Fue sexo completo? —anotaba y preguntaba la inspectora.

—Estuvo bien, yo me corrí y él también.

—¡Joder, me refiero a si hubo penetración! —Silvia empezó a perder la paciencia.

—Fue por el culo. Esa noche tenía la regla y yo quería follar sí o sí.

Silvia, intentando ser aséptica en sus emociones, cabeceaba en señal de asombro.

—Vale, de esta parte es suficiente. Cuando terminasteis, ¿qué hicisteis?

—Cada uno salimos por separado de la cabaña. Primero yo, después él. Dijimos de separarnos durante la noche, pero yo, sin que él se diera cuenta, lo seguí.

—¿Por qué?

—¿Quería comprobar si estaba tonteando con alguna otra tía? Pero no, vi que volvió donde estaba Eric, Javi y mi hermana.

—¿Llegaste a ver a tu hermana tras el encuentro sexual con Alan? —quiso confirmar la inspectora.

—Si, esa fue la última vez que la vi. Estaba bailando con el Javi. No sé qué coño hacía con ese tío; ella podía elegir a cualquier.

—¿Qué hiciste después?

—Volví con mis amigas para seguir la fiesta —concluyó Carla.

Tras varias preguntas más, Silvia Pérez tomó las huellas a Carla y volvió al laboratorio de Jefatura. Solicitó a sus compañeros Ribera y Martos el análisis y se sentó para reflexionar con la sexta taza de café del día.

—Jefa, ¿cómo ha ido?

—Borja, mira si estas huellas de Carla coinciden con las que nos faltaban por localizar de las cinco huellas que encontramos en la cabaña esa noche. Me juego el cuello a que sí.

—Voy —se apresuró el agente.

—Resulta que va a ser verdad el testimonio de Alan Morales —prosiguió Silvia—. En su declaración, alega que Griñán y yo lo descubrimos esta mañana en las cabañas de la Finca porque, cuando se enteró por su padre que íbamos a buscar más pruebas, pensó que nos pondríamos a escanear restos de sangre. Carla y él follaron en la cabaña tres, antes de que Elsa muriera en esa cama. He corroborado, con el testimonio de Carla, que existe coherencia y, gracias a su explícita explicación, concuerda con la declaración de Alan. Ella tenía la regla. Se quitó el tampón y manchó de sangre el baño. Alan limpió con papel los restos de sangre y tuvieron sexo anal. Esta mañana, cuando Alan fue a las cabañas a toda prisa, era porque quería eliminar con lejía posibles restos de menstruación de Carla, que es menor de edad, antes de que nosotros llegáramos.

—¿Tus dieciséis años eran igual, jefa? —bromeó Borja Ribera.

—Vete a tomar por culo, cabrón.

—¿Igual que Carla?—intervino José Martos.

—¡A trabajar! —la inspectora rompió el endeble halo de humor que intentaron fijar sus compañeros.

CAPÍTULO 19

Altorreal, urbanización El Chorrico, 14 de marzo de 2018.

Miércoles, 11:30h.

Silvia Pérez procuraba descansar mentalmente. Vivía en una coqueta casa de diseño en Altorreal, en una tranquila zona residencial. Hacía 8 meses de su divorcio y aún no se acostumbraba a vivir sola. Ella misma reconocía adicción por su trabajo, pero también le servía de terapia. Necesitaba estar ocupada la mayor parte del día. Las paredes blancas del interior de su casa le acosaban. Parecían empalarle el alma. Acostumbraba salir a correr por la urbanización para llegar agotada, tomar una ducha y caer rendida en una gran cama, huérfana de amor demasiadas noches.

Llevaba 8 días seguidos trabajando, sin apenas dormir. La tensión y el estrés acumulado comenzaban a hacer mella. Aunque, en ocasiones intentaba desconectar, su profesionalidad y vocación pesaban más que cualquier raciocinio coherente. Sobre todo, cuando se miraba al espejo y comprobaba que asomaban unas pardas ojeras y se acentuaban ciertas arrugas de expresión.

«Tengo que dejarme crecer la feminidad» se decía a menudo antes de retirarse del espejo. Era ese el espejo que le recordaba la aproximación al medio siglo que marcaba la fecha de nacimiento en su DNI. A pesar de todo, tenía un físico esbelto y no siempre tuvo un carácter áspero y frío. Sabía que podía volver a ser aquella mujer alegre y risueña, con tintes graciosos que destacaba entre su grupo de amigos. Haciendo un profundo análisis introspectivo, ella sabía que la solución a todo ello pasaba por encontrar de nuevo el amor, una nueva ilusión. Necesitaba rastrear en su corazón para encontrar la manera de llenar el vacío que se había instalado en su vida desde que descubrió a su marido (oficial de policía) siéndole infiel con una compañera de la escala básica.

Quería salir de ese conformismo, romper con el pasado e intentar fortalecer su autoestima, su seguridad y la alegría que se esfumó en aquel momento.

Se había levantado mucho más tarde de lo habitual. Pasó varias horas, la noche anterior, dando vueltas a los entresijos del caso. Sabía que estaba cerca, pero solo era intuición. Necesitaba pruebas para encontrar al asesino de Elsa.

Tras desayunar y ojear el periódico digital, decidió llamar a su compañero Griñán.

—Hola cojo, ¿cómo lo llevas?

—Ey, jefa. Aquí estoy, en la habitación del hospital esperando a que me operen mañana —respondió Griñán con notoria alegría al poder hablar con su compañera.

—Bueno, ya sabes cómo va esto. Tienes que tener paciencia ahora. Estas lesiones llevan su tiempo para recuperarse bien.

—Lo sé, pero también sé que acortaré los tiempos de rehabilitación. ¿Qué te apuestas?

—¡Ya empezamos! —Silvia se atusó la melena inconscientemente.

—¿Cómo va el caso, Silvia?

—Tengo novedades que contarte acerca de Alan y Carla, pero ahora no me apetece hablar de trabajo. Quiero desconectar un poco para tomar un nuevo impulso. Lo importante ahora es que te recuperes lo antes posible y vuelvas a ser útil. ¡Así no me sirves y ya sabes que sin ti no soy nada! —se permitió juguetear con su compañero.

La conversación se alargó más de media hora. Estuvieron hablando de esos entresijos a los que no paraba de dar vueltas la noche anterior, pero la mayor parte del tiempo priorizaron los temas personales.

Griñán era un hombre en el que depositaba toda su confianza, pero sin darse cuenta descubrió que le gustaba hablar con él. Se sentía segura, más fuerte.

«No te confundas» se dijo, en un principio, al pensar que su joven compañero —doce años más joven— flirteó con ella, y esa sensación le gustó tanto que terminó por permitirse cerrar los ojos y dejar volar su imaginación sin aranceles ni aduanas.

Su maltrecha libido hizo aparición, recordándole que nunca se había marchado, solo estaba hibernando.

Griñán fue su detonador. Del invierno pasó al verano y su cuerpo empezó a arder. La caldera se avivaba por cada pensamiento de Griñán con ella, en escenas no profesionales. Silvia estaba sola, recostada en su cheslong, con la única compañía de sus dedos sobre su fuego. Ella sabía que más que sofocar, sus manos eran pirómanas. Pero necesitaba arder en llamas para purificarse.

La hoguera no tenía vuelta atrás. El salón, aquella mañana, iba a adquirir una alta temperatura; y esta vez ella permitió desconectar sus sensores de humo. Los firmes troncos de su onanismo pronto se convertirían en unas deseadas cenizas. Cuando estaba llegando a la esperada incineración, sonó fuertemente una llamada entrante en su teléfono móvil. Intentó hacer caso omiso y continuar con sus pensamientos, pero al mirar de reojo que la llamada procedía de la Jefatura, saltaron los aspersores de agua apaciguando por completo el incendio.

—Dime, Martos —barboteó Silvia al descolgar su teléfono.

—¿Estabas dormida? Tu voz es rara…

—Sí, algo así… Dime —se golpeó la cabeza resignada.

—Sé que es tu día libre, pero pensé que te gustaría saber que la prueba de ADN de Alan coincide y que la dactiloscopia de las huellas de Carla concuerdan. Por tanto, tienen coherencia sus declaraciones —explicó.

—Muchas gracias. Doy por hecho que el abogado Eduardo de Figueroa conseguirá sacar a su representado.

—Así es, Silvia. Ya lo ha conseguido. Nada más salir los resultados y tener conocimiento de ellos, ha sacado a Alan Morales a la calle.

—Vale, era previsible. Otra cosa, necesito algo. Sé que os llevará tiempo, pero necesito que pidáis una orden para rastrear los vuelos que han habido hacia Latino-América del último mes; desde el aeropuerto de Corvera, Alicante y San Javier.

—¿Para qué?

—Necesito averiguar si algún pasajeros que haya viajado a algún país sudamericano en el último mes, está empadronado en Llano de Brujas. La especie de avispa que usaron para matar a Elsa es autóctonas de allí, y solo aguantan, fuera de su hábitat, entre dos y tres semanas.

—Entiendo. Nos llevará tiempo y quizá no encontremos nada porque tal vez algún vuelo haya hecho escala en Madrid, pero quién sabe; lo mismo nos toca la lotería—concluyó el agente.

—Gracias, Martos. Cualquier novedad, mantenme informada.

—Así lo haré. Por cierto, ¿sabes algo de Griñán?

«Estaba aquí conmigo, en el sofá» pensó —Sí, he hablado con él. Mañana lo operan de la rodilla.

—Habrá que visitarlo —sugirió Martos.

«En cuanto cuelgues el teléfono retomaré lo que he dejado a medias con él» se dijo, justo antes de despedirse de su compañero José Martos.

Silvia se dirigió a la cocina. Tenía que calmar dos necesidades pendientes. Una de ellas la solucionó con una cápsula de Nespresso. El café se había convertido, desde hace varios años, en una adicción placentera.

Al ingerir la nueva dosis de cafeína, se dispuso a relajarse para calmar su otra necesidad pendiente. Se concentró en aquellos pensamientos que le evocaban paisajes erógenos. Pronto, comenzó a morderse en labio inferior, a la vez que se le erizaba algo más que la piel. No necesitó demasiados artificios para encontrar el camino hacia los fuegos artificiales. La mecha era corta y el cohete iba a estallar.

Pero una nueva llamada entrante en su teléfono móvil cortó la mecha de manera taxativa. Silvia cogió el mechero y encendió de nuevo la mecha. No quería volver a frenar su avalancha orgásmica. La insistencia de la llamada hizo pausar la necesidad y emplazarla para otro momento.

Era otra llamada de la Jefatura.

—Dime, ¿qué ocurre? —preguntó Silvia al descolgar.

—¡Corre! Nos ha saltado la señal de ubicación del teléfono de Elsa Rubio. Quién lo hubiera robado, no lo destruyó. ¡Lo acaba de encender, después de varios días! —explicó el agente Borja Ribera.

—¡Joder, joder! ¡Estoy en mi casa, en Altorreal! ¿Dónde marca la ubicación? —se apresuró Silvia en preguntar, a la vez que corría con las llaves del coche en la mano en dirección a la puerta de su casa.

—¡Te pilla al lado! El GPS nos ubica el teléfono ahora mismo en el Centro Comercial Nueva Condomina. Mando unas patrullas para allá inmediatamente. Llegarás tú antes, a ver si pillamos quién lleva encima ese teléfono.

Silvia conducía a toda velocidad, adelantando coches como en una carrera de Lemans. El camino a Nueva Condomina era corto, pero revirado y peligroso. Pronto divisó el gran edificio del Centro Comercial. Tal cantidad de adrenalina, de saber que podría descubrir a la persona que portaba el tan ansiado teléfono móvil, hizo que sus pupilas se dilataran potenciando su capacidad visual. Parecía que era capaz de percibir gran cantidad de estímulos a la vez, a priori insignificantes a cualquier ojo.

Aparcó su coche y, teléfono en comunicación con el agente Ribera, entró en el Centro Comercial Nueva Condomina dispuesta a descubrir lo que sería, supuestamente, una prueba definitiva para la investigación.

CAPÍTULO 20

Centro Comercial Nueva Condomina, Murcia, 14 de marzo de 2018.

Miércoles, 13:12h.

—Estoy entrando por la planta baja, por el ala Este.

—Vale, Silvia. Me he descargado un plano del Centro Comercial. La señal del GPS se está moviendo. No sé si estará en la planta baja o en la primera, pero la ubicación está en el extremo opuesto al tuyo —explicó Borja Ribera, que no quitaba ojo al ordenador central que informaba de la localización del teléfono de Elsa—. ¡Debe de estar cerca de la tienda de video-juegos, si está en planta baja, o cerca de la tienda de bisutería, si estuviera en la primera planta!

—De acuerdo, voy a ver.

La inspectora no quiso correr para no levantar sospechas, pero sus pasos eran cada vez más rápidos. El Centro Comercial, a pesar de no ser fin de semana, estaba abarrotado de gente. Al estar a las afueras de Murcia, en la intersección de autovías, era habitual encontrarse gente de Murcia y de la provincia de Alicante. Además se acercaba la hora de comer y el centro ofrecía gran variedad de posibilidades.

Los ojos de Silvia parecían focos de led. Deseaba encontrarse una cara conocida coincidente a la ubicación que le iba indicando por teléfono su compañero Ribera desde la Jefatura.

—Silvia, te estás acercando al punto que me indica el ordenador. Abre bien los ojos.

—Ya veo la tienda de video-juegos, Ribera. Voy para allá. Ve indicándome si se mueve.

Muchos jóvenes se congregaban en las postrimerías del GAME. Había salido, hacía unos días, a la venta el nuevo juego del FIFA. Silvia, desesperada, miraba los rostros de los allí presentes. Ya no le importaba pasar desapercibida y la gente empezaba a ver algo extraño en la situación.

—¡Ribera, dime algo! Estoy en la ubicación que me indicabas.

—Silvia, mala suerte. Debe estar justo encima de ti, en la planta de arriba. Según el plano, debe estar cerca de la tienda de bisutería de la primera planta. ¡Corre!

Silvia, ahora sí, comenzó a correr en dirección a las escaleras mecánicas. Muchos jóvenes comenzaron a desenfundar sus teléfonos móviles al intuir que algo iba a suceder.

—¡Se está desplazando! Date prisa —Borja Ribera parecía retransmitir una carrera de fórmula 1.

Varias sirenas de coches patrullas, en la zona de aparcamiento, alertaron de la presencia de más policías en el Centro Comercial.

Silvia corría apartando a la gente a su paso. Los tropiezos de esta iban solapados con grabaciones de muchos teléfonos móviles que enriquecían nuevamente a la app *Cotillapp.*

—¡Mierda, quien lleva el teléfono de Elsa, se ha percatado de nuestra presencia y lo ha apagado! Voy a ciegas, compañera. No sé por dónde se ubica ahora. Debes estar muy cerca. ¡Fíjate bien! —avisó el agente Ribera con nerviosismo.

Silvia se detuvo frente a la tienda de bisutería. Sudaba y jadeaba. Básicamente, la tienda estaba frecuentaba por mujeres. La inspectora decidió entrar y seguir observando a las personas allí presentes. Justo cuando estaba entrando, miró hacia su derecha y un *dejavú* golpeó su mente. La tienda de la derecha era de cosméticos y, en el escaparate, se promocionaba lociones hidratantes. Destacaba sobretodo la loción con extractos de coco.

Obnubilada, cambió de rumbo con pasos lentos. Su mirada quedaba fija en el roll-up publicitario de la loción de coco. La policía se expandía por el Centro Comercial haciendo detenciones, casi al azar, a las personas que presentían cierta sospecha. El inicial revuelo se convirtió en caos cuando la gente se percató de la presencia de tanta policía. Algunos momentos tensos provocaron avalanchas de gente asustada saliendo del Centro Comercial. La situación se le estaba escapando de las manos a la policía.

Silvia, como en estado de trance, continuaba analizando la situación. Totalmente calmada, quizá porque sabía que el sospechoso ya se le había escurrido, decidió salir de la tienda de cosméticos. Se dispuso a mirar el otro local pegado a la izquierda de la tienda de bisutería.

Sonrió al ver que era una tienda de telefonía móvil. En su escaparate se podían leer «Se reparan y actualizan teléfonos móviles y tablets». La tienda estaba poco concurrida. Silvia su dirigió con paso firme al dependiente de la tienda, enseñó su placa y se presentó.

—Necesito saber si hace poco ha venido alguien para que le miraras un teléfono móvil —disparó Silvia.

El joven dependiente, asustado al ver la placa, no atinaba a responder con exactitud —Esta mañana ha venido mucha gente con teléfonos móviles para reparar… —indicó.

—¡No, no! Esta mañana, no. Me refiero a alguien que haya entrado en tu tienda hace entre cinco y diez minutos.

—Ha entrado gente, pero nadie me ha enseñado ningún teléfono en estos últimos diez minutos. Mucha gente entra por curiosidad a ver los productos. Algunos preguntan algo, otros se marchan sin más —explicó el dependiente.

—Está bien, ¿alguien te ha hecho alguna consulta técnica sobre un teléfono móvil hace diez minutos aproximadamente? —afinó Silvia Pérez.

—Si, un chico moreno y algo desaliñado. Parecía un poco jipi.

—¿Qué te pidió? —atropelló Silvia al dependiente, casi sin dejarlo terminar la frase.

—Me dijo que tenía un teléfono de su abuela y que había bloqueado por error. No sabía cómo desbloquearlo. Quería saber si nosotros podíamos hacerlo… —el dependiente se dio cuenta que esa afirmación tenía mucha importancia para la policía, y volvió a ponerse nervioso.

—¿Y qué pasó? —Silvia se desesperaba de la parsimonia con la que exponía el chico.

—No me dejó ni responderle. Miró otro teléfono móvil que llevaba, leyó algo y se despidió de mí rápidamente, dándome las gracias. Parecía llevar prisa.

—Tengo que ver las cámaras de seguridad de la tienda. ¡Ahora mismo!

—Lo siento, agente. Mi jefe tiene que volver a configurar el sistema de video-vigilancia. Llevamos una semana sin grabar. Están de pega… —el dependiente se atoró al explicarlo, ya que daba por hecho que no le iba a gustar para nada a la inspectora saber eso.

—¡Me cago en la puta! Concéntrate por favor y dime cómo era ¡Descríbemelo, al detalle!, cualquier cosa que te llamara la atención, llevaba gafas, iba afeitado, llevaba tatuajes, cualquier cosa…

A duras penas el dependiente intentó describir al chico, pero con la inspectora atosigándole e intentando estrujarle el cerebro, los nervios no le permitían ni hablar. Finalmente pudo darle algunos datos que a Silvia le dieron las pistas suficientes para hacerse una idea de quién podía ser. Rodeada de algunos clientes curiosos, que se arremolinaban impactados por la escena en el interior de la tienda, Silvia se

199

giró sobre sí misma, los apartó con los brazos sin miramientos y salió a toda prisa hacia la Jefatura con el retrato robot del chico en la cabeza.

Pero no era la única, la app *Cotillapp* ya tenía todos los detalles de lo ocurrido esa mañana en el Centro Comercial y por supuesto, la descripción del hombre que portaba el famoso teléfono de la difunta Elsa Rubio Tornel.

Ya lejos del lugar y fuera del alcance de la inspectora, Javier Gil se encasquetaba su gorra y salía del Centro Comercial entre el tumulto que evacuaba por las diferentes salidas. Montó en el tranvía y tomó asiento tranquilamente, mientras observaba cómo, en el parking exterior, la policía seguía haciendo controles a la gente. Su tranquilidad se esfumó al conocer, a través de *Cotillap,* que podían asociarlo como el portador del teléfono móvil de Elsa.

El usuario *Morenito77* se había encargado de lanzar el rumor en la app. Con sus comentarios y debates, fomentaba un nivel alto de actividad en su rumor, lloviéndole miles de *likes,* y colocándose en una buena posición en la clasificación. La policía activó el protocolo de rastreo de Ip, pero se encontró que, el usuario *Morenito77,* estaba oculto a través de un servidor VPN con un proveedor privado de algún país no Europeo; lo que dificultaba seriamente su descodificación.

CAPÍTULO 21

Llano de Brujas, Murcia, 14 de marzo de 2018.

Miércoles, 15:26h.

—Anda, come. Se te ve más delgado…

—¡Mamá, solo he estado una noche en el calabozo! —reprendió Alan a su madre.

—Afortunadamente, solo una noche… —suspiró Pablo acariciando el cabello de su hijo.

—¡Esa inspectora no tiene ni puta idea! ¡Pablo, harás algo, ¿no? —instigó Marioli fuera de sí.

—¿Qué quieres que haga? Hablaré con el abogado, pero estamos inmerso en una investigación por homicidio —razonó Pablo.

—Mejor no remover demasiado, no vaya a ser que nos salpique algo —Alan miró a su padre intencionadamente.

—¡Esto es increíble! Meten a mi hijo en un calabozo de mierda, con gentuza, y me dice de no hacer nada…! ¡Mira, mejor me voy a la habitación! A ver si me despejo —Marioli subió a la primera planta del chalet lanzando rayos a su paso. Se preparó un confortable baño de espuma, dos rodajas de pepino para sus ojos y su habitual loción corporal de coco.

—Hijo, no tienes que preocuparte por lo de Carla. Ella, aunque es menor de edad, tiene la edad legal para poder tener relaciones sexuales consentidas sin incurrir en delito.

—Lo sé, papá —Alan parecía querer contarle algo más, le temblaba el cuerpo —. Pero no es solo eso lo que me preocupaba.

—¿Qué pasa? Puedes contármelo, soy tu padre.

—Use burundanga con Carla

—¡Dios, Alan! Sabes que esa droga inhibe la voluntad de quien la ingiere. Te podías haber metido en un grave problema.

—¡Ya lo sé! —Alan se dio cuenta de que estaba alzando la voz y reaccionó encubriendo la conversación para no alertar a su madre—Ya lo sé. Por eso no quería que saliera a la luz.

—¿Carla era consciente de la burundanga?

—¿Tú que crees, papá? Claro que no. Llevábamos un tiempo acostándonos, pero aquella noche, de fiesta, quise "motivarla" un poco más…Ya me entiendes…

—¿Cómo fue?

—Se la mezclé en su cerveza sin que lo notara —respondió Alan sin mirar a la cara a su padre.

—Esa droga es difícil detectarla transcurrido un tiempo. Si ella no notó nada en su momento, ahora es imposible que la policía le descubra esa sustancia ingerida.

—Menos mal —resopló Alan.

—Deberías habérmelo dicho. Entre nosotros no tiene que haber secretos.

—¿Seguro, papá? —Alan mostró, desde su teléfono móvil, una foto de Pepi con su hija Olivia.

Pablo quedó parado, mirando la foto sin pestañear ni abrir la boca. Su hijo le había soltado un gancho directo a su conciencia.

—Tranquilo, lo sé desde hace tiempo. Mamá, por mi parte, no sabrá nada. Pero prométeme que se acabó. Nunca más.

—Nunca más —Pablo abrazó a su hijo y ambos permanecieron en silencio varios segundos.

—¿Te has enterado de lo que ha ocurrido esta mañana en la Nueva Condomina? —Pablo cambió el tercio.

204

—Si, cuando salí del calabozo y pude recuperar mi teléfono, me enteré de todo. La gente insinúa por la red que el teléfono de Elsa lo lleva Javi "el tarta".

—¿Tú crees que lo lleva él? —preguntó de manera retórica Pablo.

—Hombre, él fue quien estuvo con Elsa antes de morir y, la descripción que han dado del hombre que supuestamente llevaba el teléfono de Elsa por el Centro Comercial, encaja perfectamente con las características de Javi. Seguro que la poli lo detiene hoy mismo y consigue requisarle el teléfono de Elsa.

—Ojalá…Antonio y Lidia deben estar destrozados. Pobres padres…

—Pues sí.

Javier, ajeno a lo que le venía encima, pasó por casa de su abuela tras bajarse del tranvía. Todos los lunes, miércoles y viernes repetía la misma rutina. Su psicóloga, desde siempre, le recomendó tener hábitos y rutinas, que pudiera ayudarle a tener una vida ordenada. Esos días, sus padres trabajaban por la tarde, por lo que Javier comía en casa de su abuela y luego marchaba al gimnasio del pueblo a fortalecer su escuálida musculatura.

Su entrañable abuela se despidió de él con un beso en la frente. Aunque Javier tuviera veinticinco años, para ella seguía siendo su «Javilillo pequeño».

Desde casa de su abuela había apenas quinientos metros hasta el gimnasio. Javier se recolocó su mochila en la espalda y comenzó a andar. Siempre iba a la misma hora a entrenar. A primera hora de la tarde había menos afluencia de abonados en el gimnasio.

Al entrar, notó más miradas de la cuenta sobre él y algún que otro cuchicheo. Acostumbrado a soportar mofas y burlas, prosiguió su camino hacia los vestuarios, sin preocuparse demasiado por ello.

Javier era muy disciplinado a la hora de entrenar. Procuraba hacerle caso a lo que uno de los monitores le aconsejó al inicio, «Hidratación, dieta, entrenamiento y descanso son los pilares de una vida saludable». Siempre realizaba una rutina de entrenamiento básica.

Tras terminar de correr en la cinta, Javier se secó el sudor en la toalla que llevaba y miró su reloj. Maniático por las rutinas, cogió su botella de agua y bebió casi medio litro de agua antes de continuar por el circuito de fuerza. Los usuarios que coincidían en franja horaria con Javier conocían de memoria todos sus movimientos. Siempre hacia lo mismo, en los mismos momentos, en las mismas máquinas de musculación.

A la vez que Javier iniciaba su circuito de fuerza, Silvia Pérez y dos coches más de policía rastreaban el pueblo buscándolo desesperadamente.

Era el turno del Press Banca, ejercicio al que odiaba Javier. Exigiéndose ser disciplinado, realizó sus tres series completas y celebró haber finalizado su terrible penitencia.

Miró su reloj. Eran las 17:28h, faltaban dos minutos para tomar su merienda. Aprovechó para coger su mochila y tomar un ligero trago de agua.

—«¡Las cinco y media! Hora de la fruta…»—Javier comenzó a merendar mirando uno de los televisores que emitían videoclips musicales. De reojo miraba lo bien que realizaban las sentadillas las chicas que entrenaban próximo a él. Tenía que acabarse la fruta antes de poder marcharse a la ducha y volver a casa. Para aquel entonces, sus padres ya habrían vuelto.

Llevaba tres bocados y se quedó con la mirada perdida, con todos los sentidos puestos en una bandada de ardores que volaban por su interior. Tosió varias veces seguidas y volvió a beber agua. Tenía que acabarse la fruta para poder ducharse. Dio tres rápidos bocados más y pronto sintió estrechez en su tráquea. No notaba atragantamiento, pero sí empezaba a costarle trabajo respirar. Dejó la fruta a un lado y se agarró la garganta de manera sofocada.

Las personas de alrededor notaron que algo no iba bien y avisaron al monitor de la sala. Javier se sentó en el suelo y comenzó a agobiarse. Las venas del cuello se hinchaban de manera notoria. Su cara se tornaba roja y el sudor de sus sienes brillaba, alertando de una venidera situación peligrosa. Javier alcanzó a emitir un afilado chillido antes de que una terrible quemazón se localizara en su paladar, inflamando las paredes de la tráquea y aumentando considerablemente su frecuencia cardíaca. Miraba a su alrededor desesperado buscando ayuda. Su visión deformaba los rostros de las personas que acudían preocupadas a ayudarlo. Una presión fuerte sobre su pecho hizo que se arrodillara sobre el suelo. Volvió a toser fuertemente y observó asustado cómo expulsaba por la boca restos de sangre. Apenas un hilo de oxígeno circulaba por su sistema respiratorio. Entre convulsiones, pudo sentir cómo alguien lo recostaba sobre el suelo, justo antes de cerrar sus ojos…

—Inspectora, hemos localizado a Javier. Está en el gimnasio de Llano de Brujas —le comunicaron por el radio-transmisor del coche patrulla. Sin mediar palabra Silvia condujo a toda velocidad hacia el lugar.

—¡Es de locos! ¡No quiero otro muerto en mi investigación! —Silvia alertó, a través de la radio, a sus compañeros que la seguían de cerca en otros coches patrullas.

Cuando llegaron al gimnasio, apenas quedaba gente. Se fueron marchando al asustarse por lo que había ocurrido. Se hablaba de un posible infarto. Silvia, pronto, vio a Javier postrado en el suelo inconsciente, siendo atendido por unos sanitarios de una UVI-Móvil que llegó apresurada.

—Localízame al encargado del gimnasio —ordenó la inspectora a un policía nacional.

Pronto apareció Pedro, encargado de las instalaciones.

—¿Qué ha pasado aquí? —fue concisa al preguntar.

—Javi es un cliente habitual. No falla en sus días de entrenamiento. Siempre le gusta hacer la misma rutina de entrenamientos. Lo dejamos libremente trabajar por la sala. Es un chico que tampoco suele relacionarse con otras personas.

—¿Qué ha pasado aquí? —repitió Silvia vehementemente —. ¡Es fácil de entender mi pregunta!

—Me avisaron cuando Javier estaba tirado en el suelo. Según he podido escuchar de otros usuarios, había terminado su rutina y estaba descansando cuando empezó a sentirse mal. En su ficha de usuario no registró ningún problema de salud. Parece como si le hubiese dado un síncope, o algo así…

—¿Hay alguien en la sala que lo conozca mejor? — preguntó Silvia.

En ese momento, los sanitarios hicieron una señal de urgencia. Se tenían que llevar en la ambulancia a Javier rápidamente. La situación estaba empeorando y no conseguían estabilizarlo.

Pedro miró a los lados y señaló a una chica que medio se escondía tímidamente.

—¡Hostias, la conozco! —comentó Silvia cuando descubrió a quién se refería el encargado del gimnasio.

—¡Hola Olivia, qué coincidencia! —Silvia se acercó firmemente.

—Hola inspectora…

—Tienes que echar una primitiva. En una semana te has visto involucrada como testigo de dos feas situaciones —ironizó Silvia.

—La verdad es que he debido pisar una mierda, porque vaya tela… —se lamentó.

—¿Has visto a alguien acercarse a Javier?

—No, Javi siempre entrena solo. Es de manías.

—¿Conoces sus manías? —Silvia intuía que Olivia no estaba detrás de ese ataque que había sufrido Javier. Procuraba interpretar las posibles señales que le pudiera acercar a resolver esa pesadilla.

—Algunas, evidentemente. No todas.

—Un día como hoy, por ejemplo, ¿qué suele hacer?

—Pues él siempre come en casa de su abuela, después viene al gimnasio y suele terminar el día en casa, conectándose a internet desde su ordenador portátil para chatear o ver series.

—Dime dónde vive su abuela —se interesó Silvia.

Después de varias preguntas más, la inspectora jefe se despidió de Olivia, ordenó a un agente visionar las cámaras de seguridad del gimnasio y reconocer a todos los hombres que entraron en el vestuario y salieron de él tras Javier. Se quedó pensativa repasando cada rincón del gimnasio. Algo no me cuadra –pensó–.

Se montó en el coche y se dirigió a casa de la señora Margarita, abuela de Javier. Era una casa vieja, con sus muros algo desconchados, de una sola planta. Lo mejor de la pequeña casa era el patio trasero del que disponía. Un patio más grande que la propia casa, lleno de plantas y árboles frutales, con un pequeño aljibe.

Silvia, esperando a que le abriera la puerta de la casa, percibió un olor particular. Una mezcla de caldo de pollo con betún. La señora Margarita, por fin, abrió la puerta y Silvia pudo constatar mejor que el olor, del interior de la casa, era de humedades por condensación. Todas las paredes de la casa estaban huelleadas.

—Señora Margarita, soy la inspectora jefa Silvia Pérez, de la policía nacional. Tengo que hablarle acerca de su nieto, ¿puedo pasar?

La anciana cambió a un rictus de preocupación.

—Sí… pase, pase.

Accedieron al salón y la anciana ofreció asiento a la inspectora. Silvia tenía prisa. Debía actuar rápido.

—Su nieto ha tenido un accidente y va camino está del hospital. Necesito que me cuente si ha notado algo raro en él cuando ha llegado hoy a su casa.

—Pero mi nieto, ¿cómo está? Por el amor de Dios, ¿qué le ha pasado? —comenzó a llorar la abuela.

—Están los médicos con él. Ha sufrido una especie de ataque asmático. Tenía dificultad para respirar —Silvia prefirió no entrar en muchos detalles—. Haga memoria, mientras estaba su nieto en la casa, ¿lo ha llamado alguien por teléfono? ¿Ha notado algo raro en su comportamiento?

—No, hija. Javilillo estaba como siempre. No es muy hablador…Llegó a casa a la hora de siempre. Comió viendo la tele conmigo. Comentamos acerca de las noticias. Luego le preparé sus plátanos para merendar y se fue al gimnasio, como de costumbre.

—¡Espere! ¿Usted le preparó su merienda? —Silvia se sobresaltó.

—Si…, como siempre. Soy muy pesada con que coma fruta y, sino soy yo quién se la prepare, el niño no come nada —justificó la señora Margarita.

—Pero hoy llevaba manzana —le corrigió Silvia.

—No, no. Hoy le compré, en la frutería, plátanos. Le puse dos plátanos para merendar. De eso estoy segura.

Silvia recordó el tupperware de fruta que encontró tirado en el suelo. No eran plátanos. Se despidió, amablemente de doña Margarita y volvió a toda prisa al gimnasio, para revisar el video de las cámaras de seguridad. Efectivamente, Javier no aparecía, en el video, pelando un plátano, sino comiendo de lo que parecía una pera o manzana troceada. Ella misma cogió los restos de esa fruta, que se encontraban aún en su tupperware, y lo llevó a analizar al laboratorio.

Se hizo de noche. Desde el exterior del sobrio edificio de Jefatura de Policías se podían ver escasas ventanas iluminadas. Una de las pocas que quedaban encendida era la de Silvia y Jose Martos. Después de varias horas de trabajo, varias llamadas, diferentes búsquedas en internet y resultados constatables, el subinspector Martos, al fin, pudo dar una respuesta concisa a Silvia.

—Silvia, la fruta no está envenenada.

—Entonces, ¿qué carajo le ha pasado a Javier? —la inspectora Pérez se tiraba de los pelos —. Está ingresado, con una traqueotomía hecha para poder respirar ¡Casi se muere!

—Espera, espera… No estaba envenenada, pero habría sido mejor que esto fuese una manzana envenenada. Le hubiera provocado menos daño…. —El agente Martos mostró su ordenador portátil.

—¿Qué es eso? —se sorprendió Silvia al ver la imagen que mostraba el ordenador.

—Un hippomane mancinella —respondió Martos.

—¿Un qué?

—El árbol de la muerte.

CAPÍTULO 22

Jefatura de Policía Nacional, Plaza Ceballos, 14 de marzo de 2018.

Miércoles, 23:17h.

—No bebas más café. Siéntate y tranquilízate —el agente Martos retiró el vaso desechable del décimo café del día a su compañera, y se sentó junto a ella para explicarle detenidamente qué le había ocurrido a Javier Gil Lora.

—Tengo que solucionar este caso ya. Se está enquistando y no quiero más cadáveres —advirtió Silvia con eminente frustración en su rostro.

—Estamos cerca, lo presiento —le animó Martos —. Mira, este árbol de nombre extraño, es autóctono de Latinoamérica.

—¡Al igual que las avispas verdugo! —interrumpió Silvia.

—Sí. Coloquialmente, a este árbol se le conoce como el árbol de la muerte y da un fruto que se llama manzanillo, por su aspecto similar a la manzana. Su fruta es muy dulce y sabrosa —acompañaba su explicación con el visionado de un video—. Sus raíces y hojas contienen una neurotoxina que puede ser absorbida por la piel, envenenándote de inmediato.

—Me estás dejando muerta… No sabía que existiera este tipo de árbol —comentó la agente llevándose las manos a la cara.

—Comer su fruto, el manzanillo, produce ampollas en el interior de la garganta; así como alteraciones en el sistema respiratorio. Es muy doloroso y, evidentemente, te puede dejar seco. Este chico ha tenido suerte; seguramente por una rápida intervención de los sanitarios. ¿Recuerdas al conquistador español Ponce de León? Pues murió porque un nativo le clavó una flecha con la punta envenenada por la savia de este árbol.

—Está claro que se lo han querido quitar de en medio. ¡Manda, ahora mismo, a dos agentes custodiar la habitación del hospital donde descansa Javier Gil!

—Tranquila, van para allá Jiménez y Balbuena.

—Perfecto, así me quedo más tranquila. Me marcho a casa a dormir un poco. Mañana temprano visitaré el hospital. A ver si consigo comunicarme con Javier.

—¡Sí, anda, vete a dormir, que vaya pinta tienes…!

Silvia le respondió con su dedo corazón erguido acompañado de una sincera sonrisa.

Ya en su coche, de camino a Altorreal, repasaba mentalmente toda la investigación. Sabía que estaba muy cerca de resolver el caso, y ya tenía en su mirilla un objetivo concreto. Necesitaba el empujón definitivo. Se reía sola en el interior de su coche, como una loca, puesto que tenía claro dónde encontrar ese golpe final.

«Mañana va a ser un gran día» se animaba a sí misma, pisando a fondo el acelerador para llegar pronto a casa.

Entró a su casa como un legionario en maniobras. Conforme avanzaba hacia su dormitorio, se iba despojando de la ropa y lanzándola sobre las sillas del salón. Estaba tan cansada que ni optó por ponerse el pijama. Afortunadamente para ella, no usaba maquillaje para trabajar por lo que el salto a las sábanas fue directo. Apenas puso la alarma de su teléfono móvil, se abrazó a su almohada y se sumió en un profundo sueño.

Estaba paseando en un profundo bosque, la luz de la luna apenas iluminaba el camino, estaba sola, casi a oscuras, pero no sentía miedo o alerta alguna; estaba serena y relajada. Caminaba sin rumbo fijo, disfrutando de su placentero paseo. De repente, un fuerte olor a coco le hizo redirigir sus paso. El rastro oloroso, le condujo a una abertura entre los numerosos árboles y matojos. Al fondo, se vislumbraba una explanada con varias motos y coches aparcados, cerca de una hoguera consumida. Miró hacia todos los lados. Aparentemente, no había nadie. Revisó los vehículos estacionados y apreció, entre ellos, la moto de Alan y la furgoneta de Eric. De pronto, entre las sombras, apareció Olivia comiendo un bocadillo. Se quedó mirándola con sorpresa, sin moverse. Olivia la miraba fijamente, mientras engullía un nuevo bocado, pero no se movía. Decidió acercarse con prudencia. ¿Qué hacía allí Olivia? Al llegar a ella, esta le señaló uno de los coches estacionados. No dijo nada, solo sonreía y comía. Silvia, antes de dirigirse a ese coche, pudo observar que el bocadillo de Olivia rebosaba gusanos verdes. Un rictus desagradable desdibujó su rostro, era repulsivo. Se encaminó hacia el vehículo a toda prisa, no sin antes sufrir un par de violentas arcadas.

El coche tenía los cristales empañados, pero no fue impedimento para distinguir a Elsa y Javier en su interior. Ellos, sin percatarse de su presencia, seguían hablando de manera animosa. Silvia se dispuso a golpear el cristal de la ventana del conductor, cuando un fuerte zumbido tras de sí le provocó un respingo. Al girarse, pudo ver a su compañero Griñán envuelto en una nube de avispas amarillas. Silvia gritaba asustada e intentaba ahuyentar a los insectos, pero el policía sonreía. Asombrosamente, parecía tranquilo; sin un ápice de dolor ni preocupación.

—No te asustes, Silvia. No son malas. Tranquila, no te asustes —intentó calmar a su compañera —. Ellas saben quién las ha traído hasta aquí.

—¿Quién? ¿Cómo podemos saberlo? —preguntó apresurada.

—Solo tenemos que poner en fila a todos los posibles sospechosos. Cuando estén, las avispas volarán y picarán solo al culpable.

—¿Estás seguro? —dudaba la inspectora.

—Tanto, como que me vuelves loco, inspectora Pérez.

En ese momento, Silvia giró su cabeza para volver a mirar a Griñán. Para su sorpresa, no vestía con uniforme, sino con camisa blanca y vaqueros. Miró a su alrededor, no había árboles, no había coches, no había avispas. Solo estaba su compañero, muy atractivo, mirándola fijamente.

A Silvia se le iluminó la cara, se aproximó sonriente hacia él, mientras alzaba los brazos para fundirse en un tierno abrazo. Ella, intencionadamente, levantó su cara reclamando un dulce beso. Griñán le acariciaba el pelo y, tras unos segundos mirándose a los ojos, sellaron sus labios.

Se dejó llevar de la mano de su compañero. Estaba feliz, cualquier tontería que decía Griñán le provocaba una carcajada. Pronto, Silvia comprendió hacia dónde se dirigían. Una mirada cómplice de esta hacia su compañero sirvió de consentimiento para que ambos entraran en una cabaña. Pasaron a su interior y Griñán cerró la puerta fuertemente, provocando que se cayera el número tres que estaba colocado en el marco exterior de la puerta.

Siguieron besándose, ahora de manera más apasionada, hasta caer uno encima del otro sobre el sofá del salón. Sus brazos coordinaban perfectamente para despojarse de la ropa de manera veloz y conjunta. Silvia miró el torso desnudo de Griñán y decidió probar su sabor. Justo cuando su lengua iba a aterrizar en la pista de sus abdominales, comenzó a sonar unas campanas.

El estruendo era muy familiar para Silvia. Se detuvo y se sentó, apartando a Griñán. Se frotó la cara, negando con su cabeza «¡No puede ser, no!¡Joder, otra vez no!» se decía.

Abrió los ojos y miró su iPhone. Desactivó la alarma y miró el reloj. Eran las 06:45 h y tenía que levantarse de la cama. Un nuevo día había amanecido.

«Necesito diez minutos más, ¡vamos!» Colocó una nueva alarma y se desplomó en la almohada, cerrando sus ojos y rezando por recobrar el sueño por dónde lo había dejado.

CAPÍTULO 23

Tanatorio de Jesús – Espinardo – Murcia, 9 de abril de 2009.

Jueves, 19:30h.

—Esa camisa no, ponte esta otra.

—¿Pero por qué? Si está muy chula —le digo a mi madre, sin entenderla.

—Está muy chula para salir con tus amigos, pero no para ir a un velatorio.

Me cambio de ropa a regañadientes. No me gustan los tanatorios; la gente llora o está triste o está seria. La pobre Olivia debe estar así. Lo único bueno, por decir algo, es que voy a ver a Elsa, aunque también voy a ver a mi colega Alan.

—¡Eric, vámonos! —me grita mi padre desde la calle.

El silencio predomina en el camino en coche hacia el tanatorio. Solo la Cadena Dial en la radio altera la marcha.

—Pobre Pepi, ahora tiene que sacar adelante a la cría sola —mamá comenta con cierta tristeza— Tiene que estar destrozada.

—Ha sido una catástrofe. En la empresa aún no nos lo creemos. Pepe era un tío sensacional. Buena gente, siempre dispuesto a ayudar a cualquier compañero.

—Y pensar que tú podías haber estado allí con él… —mamá se echa la mano a la frente en señal de alivio—Menos mal que no aceptaste irte a Venezuela.

—Era un buen dinero, pero vosotros sois más importante para mí, aunque fueran dos meses.

—Menos mal, Salva, menos mal… Las vecinas ya están diciendo que Pepi lo está pasando peor porque tiene remordimientos de conciencia. Su Pepe no quería irse tan lejos a trabajar, pero ella insistió en que el dinero les vendría muy bien.

—¡La gente es tonta! ¡Tú no vayas a entrar en debates absurdos de esas cotillas! —le rebate mi padre a mi madre.

Estamos llegando al tanatorio. Empiezo a ver a gente conocida del pueblo. Pronto, un pensamiento me revolotea la mente. Quiero preguntárselo a mi padre.

—Papá, ¿de qué ha muerto el padre de Olivia?

Noto cómo mi pregunta incomoda a mis padres. Guardan silencio y se miran de reojo. Finalmente, arranca mi padre.

—Eric, es difícil de explicar. Tienes dieciséis años ya y creo que entiendes muchas cosas. No vayas a decir nada de esto, ¿de acuerdo?

—Si, claro —le contesto con interés.

—Como sabes, la empresa solicitó trabajadores para viajar a Venezuela. Mi jefe, Pablo, ha abierto negocio allí. El padre de Olivia aceptó irse, por un tiempo, a trabajar. Yo hablé con tu madre y decidimos que no nos merecía la pena que yo me separara de vosotros durante dos meses. Venezuela es una dictadura, la información que se da al exterior es muy sesgada.

—¿Muy sesgada? —le interrumpo porque no entiendo lo que trata de explicarme.

—Sí, la libertad de expresión brilla por su ausencia. Hay intereses que, a veces, provocan que no salga a la luz ciertas cosas. La represión hace mella en todos los sectores.

—¡Joder, Salvador… Tu hijo no se va a enterar de nada si se lo explicas así, coño! —interrumpe mi madre—. Se encontraron a Pepe muerto en su apartamento. Dicen que fue un infarto, pero a saber… Han tardado casi dos semanas en repatriar el cuerpo, y la autopsia, aquí en España, de poco sirve ya. Todo suena muy turbio… ¡Ni se te ocurra hablar de esto con nadie eh!

—¡Ya, ya! ¡Me queda claro!

Me retiro de mis padres para saludar a varios amigos que me encuentro fuera del Tanatorio.

—Ey, Eric, ¿cómo estás? —me chocan la mano Cristian y Claudio.

—Bien, aquí estamos ¿Habéis visto a Olivia?

—No, debe estar dentro. Yo aún no he pasado, no me gustan los tanatorios. Mis padres sí que están dentro dándole el pésame a Pepi —me aclara Claudio.

—A mí tampoco me gustan, pero voy a entrar para ver a Olivia. Estará fatal y es mi amiga… —les aclaro—. ¿Tampoco habéis visto a Elsa o a Alan?

—No. Creo que Elsa aún no ha llegado, y Alan debe estar dentro porque el coche de su padre está ahí aparcado —me explica Cristian— Por cierto, muy fuerte lo que se escucha por ahí…

—No sé a qué te refieres, ¿qué se dice? —le pregunto intrigado.

—Las malas lenguas dicen que ahora Pepi ya está sola para no tener que esconderse de su marido.

—¿Esconderse de su marido? ¿Pero qué hablas, tío? —me empiezo a cabrear.

—Sí, se rumorea que la madre de Olivia está liada con el padre de Alan. Nunca los han pillado, pero de un tiempo para acá se escucha ese cotilleo en el pueblo.

Tal como termina la frase Cristian, le propino un guantazo que lo tiro de espaldas. Claudio interfiere, metiéndose en medio de los dos. Pronto somos el centro de atención, hasta el punto que comienza a salir gente desde el interior del tanatorio para ver qué ocurre. Ceso mi ímpetu cuando observo que Olivia ha salido y está mirándome con unos ojos que me parte el alma en dos. No consiento que hablen así de mis amigos.

Mis padres me miran con cara de resignación y tristeza. Son varias las peleas que acumulo en los últimos meses.

CAPÍTULO 24

Hospital Universitario Reina Sofía, 15 de marzo de 2018.

Jueves, 09:35h.

La avenida de la Fama amaneció repleta de puestos ambulantes. Como todos los jueves, el mercadillo de Murcia se instalaba frente al hospital Reina Sofía, provocando un gran ambiente y complicaciones de aparcamiento en la zona.

Silvia Pérez, concentrada en otras cosas, giró para aparcar por la zona de Urgencias, y se dio de bruces con el puesto de pollos asados.

—¡La madre que me parió! El mercado…No me acordaba, joder… —gritó a su espejo retrovisor. Finalmente, tuvo que aparcar cerca del recinto ferial de La Fica y caminar 10 minutos hacia el hospital.

El cielo presagiaba un día caluroso y la frecuencia cardíaca de Silvia insinuaba la aparición de gotas de sudor por su frente, de manera contundente. Sus pasos eran acelerados, pero seguros. Estaba impaciente por hablar con Javier. Sentía el premio apoyado en su mano, pero tenía que conseguir cerrarla para que no se le escapara.

Fue irremediable la aparición de Griñán en su pensamiento. Tenía que resolver este caso también por él, se lo debía. Pero sobre todo, para hacer justicia a esos padres enterrados en vida, Antonio y Lidia. Por último, por su orgullo y autoestima. Se estaba dejando el alma, se sentía agotada, pero a la vez sabía que le reconfortaría muchísimo la resolución de la investigación.

Llegó a Urgencias, enseñó la placa y preguntó por el ascensor más cercano para acceder a la quinta planta. El vigilante de seguridad, le explicó un atajo, entre laberintos de pasillos y puertas, para llegar antes desde allí. Silvia se adentró en las entrañas de aquel vetusto hospital y siguió el recorrido aconsejado. Pronto llegó a un montacargas, pulsó el botón y comenzó a ascender hasta la quinta planta.

Al llegar, accedió a lo que sería una zona de lavandería. Estaba repleta de estanterías con sabanas de cama blancas con el símbolo del hospital universitario. Miró a su derecha y vio taquillas. Se había despistado.

—Oye, ¿qué haces aquí? —escuchó una voz femenina proveniente del fondo de la sala.

—Perdón, busco el ala izquierda de la quinta planta —
Silvia respondió dejando ver su placa de policía.

—Sal por esa puerta, aquí no puedes estar, y lleva
cuidado de no pisarme el suelo. ¡Es la tercera vez que lo
friego! —le invitó una mujer con casaca verde y pantalón
blanco.

—Consuelo, ¡que es policía! —le aclaró su compañera
limpiadora al ver a Silvia de paisano con su placa en el
cinturón.

—¡Como si es la reina de España! ¡Aquí no puede
estar, y menos pisarme el suelo! —contrarrestó la buena de
Consuelo.

Silvia salió de puntillas y con cuidado de no
desobedecer las órdenes de la limpiadora. El hall donde se
encontraba venía perfectamente indicado. Tenía que seguir
caminando hacia su izquierda para llegar, de inmediato, a la
habitación de Javier Gil Lora.

Al poco de caminar por ese pasillo, vislumbró la
habitación quinientos veinticinco. Fue fácil de localizarla, ya
que los agentes Jiménez y Balboa, velaban por la seguridad
flanqueando la puerta a ambos lados.

—Compañeros, ¿algo extraño durante la noche?

—Nada, inspectora. Rutinarias visitas del personal sanitario, debidamente identificados, y sus padres. Todo normal —respondió uno de los agentes.

—Me alegro. Voy a intentar hablar con él —Silvia agradeció el servicio a sus compañeros y accedió a la habitación.

La penumbra que recibió al entrar, le hizo ser prudente en sus pasos y, sobre todo, en el tono de voz que emplearía. Los padres de Javier giraron su cabeza para comprobar quién entraba y coincidieron, espontáneamente, en sus gestos serios al ver a la inspectora. Javier yacía en la cama, enchufado a varias máquinas que pitaban y otras que parecían insuflar aire similar a un acordeón. Era notorio la cánula que implementaba el cuello de Javier por su parte central. Tuvieron que realizarle, de urgencias, una traqueotomía para poder estabilizarlo y así poder continuar con demás pruebas y tratamientos.

—¿Qué quiere? Debería estar en la calle buscando al culpable de la muerte de Elsa y casi la de mi hijo —se levantó de la silla Jose desafiando a la inspectora.

—Si estoy aquí es precisamente por eso. Estamos a un paso de resolver el caso y necesito hablar con su hijo. Le hemos puesto seguridad toda la noche porque…

233

—¿Le tenemos que agradecer que haya dos policías en la puerta toda la noche? Esto no habría pasado si usted hubiera hecho bien su trabajo —se animó Marta a acompañar a su marido en el desafío hacia Silvia.

—Señores, no voy a tolerar que me falten al respeto o que duden de mi profesionalidad. Entiendo lo que deben sentir y...

—¡Usted no siente nada! —Marta la interrumpió de nuevo.

—¿Tiene usted hijos? —preguntó Jose.

Silvia no contestó. Si limitó a aguantar la tensa mirada de los padres y a dilucidar, rápidamente, de qué manera hacer que colaborasen.

—Estoy seguro que no es madre. De serlo, apartaría su profesión y mostraría mayor empatía por nosotros.

—¡Si pensaba que nuestro Javi era el asesino! Lo arrestó y metió en el calabozo... —Marta soltó una carcajada irónica.

En ese momento, Jiménez y Balboa abrieron la puerta de la habitación —¿Todo bien? —miró uno de los agentes a Silvia.

—Sí, todo correcto, gracias —se despidió Silvia de los compañeros, antes de que estos volvieran a cerrar la puerta.

—Miren, la investigación ha dado un giro de trescientos sesenta grados en unos días. Entiendan que su hijo reunía indicios para que pudiéramos investigarlo. Si estoy aquí, es porque es de suma importancia que pueda hablar con Javier. Sabemos que puede estar en peligro, por eso estoy aquí.

En ese momento, Javier abrió los ojos e hizo un gesto a su madre.

—Dime, cariño. ¿Qué necesitas?

Cuando Marta se aproximó a la almohada de su hijo, este le hizo un ligero gesto con su cabeza en señal de que se marcharan de la habitación.

—Está cansado. ¡Ya está bien de jaleos! Fuera de aquí —reprendió Jose a Silvia.

Un gemido captó la atención de los tres, que empezaban a retomar una nueva discusión. Javier, con esfuerzo, señaló con su dedo a su padre y a su madre; y acompañó ese gesto con el mismo de cabeza para pedir que salieran.

—Creo que quiere que salgamos tú y yo, Jose —
confirmó Marta.

Silvia, sorprendida, prefirió permanecer callada, ni
siquiera pestañear.

—¿Estás seguro, hijo?¿Quieres quedarte con la agente?

Javier asintió, levemente, con la cabeza. Sus padres
guardaron silencio y, antes de salir de la habitación,
advirtieron a Silvia —Cinco minutos y fuera—.

Una vez a solas en la habitación con Javier, Silvia
colocó una silla en uno de los laterales de la cama y se sentó
próxima al paciente.

—Hola Javi. Perdona todo este numerito que hemos
montado. Entiendo a tus padres, están dolidos y sufren por ti
—hizo una pausa al sentir cierta compasión al ver de cerca el
estado del joven—. Sabemos que no mataste a Elsa, pero
también sabemos que tienes escondido su teléfono.

Javier tragó saliva y la miraba con ojos entrecerrados y
doloridos. Tenía la garganta muy hinchada y llena de eccemas
y salpullidos rojos y rosáceos. Denotaban quemaduras en el
interior, en la tráquea, que se manifestaban así en su exterior.
El ruido de la respiración entrecortada y ronca que le

proporcionaba la cánula acrecentaba la sensación de desasosiego.

—Déjame que te ayude. No debes tener miedo. Imagino que tu preocupación es que se presenten cargos contra ti por robo, pero créeme, el hecho de que tú seas el portador de ese teléfono es el mayor problema posible que puede caer sobre ti. Han estado a punto de matarte por ello, Javier. Quizás vayan después a por tus padres…A por tu abuela… —Silvia señaló hacia la puerta de la habitación e hizo otro silencio estratégico.

Los pitidos del electrocardiograma revelaba el nerviosismo de Javier. Su mirada se centraba de un lado al otro de la habitación, como si estuviera deliberando.

—Javier, déjame ayudarte. No irás a la cárcel por "proteger" una prueba vital para la investigación y entregarla a la policía para su resolución. ¿Te queda claro?

Javier emitió un leve gruñido y extendió su brazo derecho, señalando el armario de su habitación. Silvia se giró y comprendió que quería que abriera las puertas del armario.

Tras abrirlo, vio una mochila. Un nuevo gemido y el asentimiento con su cabeza, le valió a Silvia para entender que quería que la cogiera. Colocó la mochila, con cuidado, a los pies de la cama y la abrió lentamente. El olor a sudor de la ropa sucia del entrenamiento de Javier del día anterior, empujó hacia atrás a la inspectora. Esta hizo un cómico gesto y una mueca con su cara para bromearle acerca de la peste que desprendía su ropa. Depositó la ropa a los pies de Javier y, tras ver su reacción, comprobó que lo que quería que viera seguía en el interior de esa mochila. Volvió a meter la mano y a mirar dentro. Apartó una cartera, una gorra y una toalla. Palpó unos calcetines, que estaban extrañamente rígidos. Al sacarlos, Javier abrió sus ojos sobremanera.

Silvia se puso igual de nerviosa y emocionada que Javier. Comenzó a desparejarlos y, pronto, se descubrió la esquina de lo que parecía un teléfono móvil. Un resoplido de Silvia acompañó al teléfono de Elsa a acomodarse entre los tapados pies de Javier.

—Gracias, Javier. Has hecho lo correcto. Pronto, esta pesadilla habrá acabado —la inspectora se despidió de Javier y de sus padres, y salió corriendo por el pasillo hacia los ascensores.

—¡Lo tengo! ¡Tengo el teléfono de Elsa! Voy para allá, vamos a abrir la Caja de Pandora —Silvia hablaba con su compañero Jose Martos mientras se apresuraba en salir del hospital y llegar a su coche.

CAPÍTULO 25

Llano de Brujas, 15 de marzo de 2018.

Jueves, 22:27h.

La muerte de Elsa y *Cotillapp* pusieron en el mapa a una pedanía de seis mil habitantes. Llano de Brujas, conocido por ser una pedanía amable y acogedora; por ser una población de costumbres y tradiciones, con buenos anfitriones por vecinos, se había convertido en el centro de teorías conspiratorias y habladurías que no hacían justicia al verdadero espejo que reflectaban sus habitantes.

Decenas de rumores y secretos, bien guardados hasta la fecha, habían saltado por los aires sin miramientos ni precaución alguna en el último mes. Sus calles parecían ahora acueductos sin agua, arterias sin sangre o vías sin trenes. Ser individuo, que esquiva un saludo de otro vecino, se antojaba la pauta a seguir. Se prescribía desconfianza y recelo. Llano de Brujas estaba infectada y necesitaba, cuanto antes, la vacuna que la inmunizara ante esa enfermedad.

240

El único ejemplo puro de amistad nativa, de auténtica pureza y sentimiento, había que encontrarlo en los parques infantiles; entre los juegos que hacían estallar sinceras risotadas y miradas gentiles. Los niños, por naturaleza colateral, eran supervivientes a esa pandemia de sospechas y suspicacias.

Los médicos del centro de salud eran secos y fríos, por miedo a críticas feroces. Los dependientes de cafeterías y bares no se atrevían a compartir conversaciones con sus clientes. Los encargados de supermercados, peluquerías, ferretería o talleres ofrecían sus servicios sin personalizar absolutamente nada sus prestaciones. Se respiraba miedo al destape, a que alguien despolvoreara lo que se guardaba con respeto.

Hacía muy buena temperatura. Una noche templada. De esas noches que dan gusto sacar al perro, salir a dar un paseo tras cenar o juntarse un rato con los amigos antes de echar el telón al día; cosas que se hacían no hace mucho tiempo atrás.

Los colores de sus calles eran pálidos. Las farolas proyectaban su luz sin sombras. Nadie caminaba bajo ellas. El blanco de las paredes de las casas y edificios se fundía con el gris oscuro del asfalto de carreteras desiertas. Esa monocromía se vio truncada por un vivo azul neón. Un color azul giratorio que alargaba sus formas cuando se lanzaba sobre muros o paredes planas. La gente se asomaba a sus balcones y ventanas al sentir la presencia de ese reflejo añil, al paso por sus casas a toda velocidad.

Varios coches patrullas, sin sirenas pero con las luces de emergencias encendidas, entraban en Llano de Brujas como un séquito siguiendo a su rey.

Fueron algunos vecinos atrevidos los que comenzaron a salir de sus casas y seguir la trayectoria de los coches patrullas. Zumbidos y sonidos de alertas por mensajes comenzaron a aflorar en los miles de teléfonos móviles dónde estaba instalada la app *Cotillapp*. Se especulaba sobre la posibilidad de que la policía fuera a detener al asesino de Elsa. Motivo muy atractivo que provocó una masiva convocatoria espontanea que se congregaba por las arterias principales de la pedanía, para escoltar, a pie, a la bandada policial que continuaba circulando hacia una casa concreta.

La inspectora jefe lideraba el convoy. Quería saborear el momento. Su paladar parecía hacerse agua al imaginarse entrar por las puertas de esa casa y ver la reacción que provocaría su presencia. Detuvo su coche. Fue en ese momento, cuando realmente fue consciente de la cantidad de personas congregadas y expectantes. La llegada de los agentes era acompañada de varios gritos de ánimo y tímidos aplausos, influidos por la inminente detención del presunto autor de la muerte de Elsa.

Entre la muchedumbre, por azar o quizá provocado por uno de los dos, coincidieron Eric y Olivia.

—Hola Olivia, qué de tiempo…

—Hola Eric, pues sí… ¿Cómo estás?

—Bien, intrigado, como todos los que están aquí.

—Sí, después de todo, me parece muy fuerte que toda esta policía haya entrado en el chalet de Alan —comentó Olivia casi desmoronándose —¿Tenías sospechas? ¿Te lo imaginabas?

—Es muy triste este desenlace, pero justo y necesario. La muerte de Elsa tenía que ser resuelta por el bien de sus padres y por el bien del propio pueblo, se estaba muriendo junto a nuestra amiga.

—Yo no soy la misma desde este rollo de *Cotillapp*.

—Precisamente por eso, Alan y yo discutimos hace unos días. Vi comportamientos de él que no me cuadraban… —razonó Eric.

—¿Estás pensando en Alan? ¡Yo me refería a su padre, a Pablo Morales! —espetó Olivia con cara de incredulidad.

—¡Hostias! Vaya lío… a ver quién sale por esa puerta.

Las apuestas sobrevolaban las cabezas de los allí presentes. No se oía nada tras los muros del gran chalet.

Un par de gritos conmovió y alertó al gentío tras observar que se abría la puerta principal del chalet. Los flashes y cámaras de video apuntaban ansiosos un mismo objetivo. Para sorpresa de todos, la inspectora salía, a toda velocidad, únicamente acompañada por los agentes. No se produjo detención alguna.

Varios policías despejaban la zona, mientras que el resto conducían rechinando ruedas y saliendo del lugar.

—-¿Qué coño pasa aquí? Es imposible que, a estas horas y con este despliegue policial, esto fuera una simple visita rutinaria —comentó exaltado Eric.

—Tal vez lo que buscaban está en otro sitio —razonó Olivia.

CAPÍTULO 26

Jueves, 22:48h.

—Oye, tío, ¿estás bien?

—Después de todos estos días, ¿me llamas así?

—Te escucho regular, ¿dónde estás? —preguntó Eric intranquilo.

—Voy con el manos-libre. No estoy en casa, ¿qué quieres a estas horas? —respondió Alan fríamente.

—Nene, aparta las rencillas que podamos tener. Te llamo porque acaban de salir de tu casa un montón de policías.

—¿De mi casa? Allí está solamente mi madre… ¡Qué pesados son!

—Era un despliegue policial tremendo. No creo que fueran a hacer preguntas típicas para la investigación —aclaró Eric.

—No tengo ni idea. Yo he quedado con una amiga…Ya me entiendes…Voy de camino a su casa.

—¡Borja, localízame a un Mercedes GLA negro con matrícula 2759 JFK! ¡Date prisa, por favor! ¡El cabrón no estaba en su casa! Su mujer nos ha dicho que salió hace media hora —solicitaba Silvia a su compañero por teléfono.

—Trataré de ubicarlo lo antes posible. Voy a triangular las cámaras de toda la ciudad, pero ya sabes, si es listo, puede ser que vaya por una carretera secundaria.

—¡Haz lo que tengas que hacer! Vamos a ciegas.

—¡Espera! Se está produciendo una comunicación entre Alan y Eric. Recuerda que les pinché el teléfono… ¿Quieres que te pinche la conversación por un canal de tu radio, y así la vas oyendo simultáneamente?

—¡Claro! —respondió Silvia a la vez que ordenaba, por radio, a los demás coches patrullas dispersarse para la búsqueda de Pablo Morales.

—Te pincho la conversación por el canal dos de tu radio. En cuanto sepa algo más te llamo ¡Suerte! —Borja Ribera se despedía de su compañera.

Silvia sintonizó el canal dos del radio transmisor de su coche patrulla e inmediatamente comenzó a escuchar la conversación entre Alan y Eric.

—¿Qué hablas? ¡Qué exagerado! Seguro que no sería tal despliegue. Además, creo que la poli tiene ya a Javi "el tarta" controlado. Seguro que es el asesino —replicaba Alan a Eric.

—Tío, ¿dónde está tu padre? Me preocupa un poco todo esto.

—Mi padre salió de casa unos minutos antes que yo. Estaba encerrado en su despacho y salió serio.

—¿Te dijo algo? —Eric empezaba a ser más consciente de la situación que Alan.

—¿Por qué me preguntas eso? ¿Qué mierda te pasa, colega?

Nada, nada. Sabes que tengo mucho aprecio a tus padres. Quería saber si todo marchaba bien. Nada más…

—Le pregunté que dónde iba y me respondió que tenía que solucionar un problema de última hora. ¡Está obsesionado con el trabajo! Salió por la puerta diciendo: Voy al lugar donde comenzó todo. Está chalado, este hombre…

Silvia escuchaba atentamente la conversación de ambos, a la vez que ponía a prueba el control de estabilidad de su Toyota girando por diversas calles y avenidas a toda velocidad. La red de coches patrullas se expandía por Murcia buscando el rastro de Pablo Morales, de momento sin éxito.

De repente, Borja Ribera irrumpió por el canal uno.

—¡Atención, sospechoso a la fuga por la autovía de Alicante! Mercedes GLA, color negro, con matrícula 2759 JFK localizado a través de las cámaras de tráfico por la salida AP7/34!

—¡Rápido, a todas las unidades! ¡Dirección Alicante! ¡Hay que detenerlo! —Silvia ordenó sobreexitada.

Todos los coches viraron hacia la nueva dirección. Silvia cambió, de nuevo, el canal de su radio para seguir oyendo la conversación entre Alan y Eric. Lamentablemente, habían colgado. La inspectora repasaba mentalmente la intervención en el chalet de los Morales. Marioli estaba notablemente nerviosa, pero no denotó sorpresa cuando supo que la policía buscaba a su marido. Silvia recordaba sus gestos y explicaciones a cada pregunta que le formulaban los agentes. Parecía que Marioli quisiera entretenerlos, para ganar tiempo.

«¡Tiempo!» se dijo. «¡Estaba planeando una fuga!»

Telefoneó de nuevo al subinspector Ribera —¡Borja, creo que Pablo está intentando fugarse! ¡Y creo que lo hará en avión!

—Si fuera así, lo sabremos a través del acuerdo Schengen —le recordó a Silvia.

—No, este tío es más listo. Seguro que no quiere fugarse a un país Europeo. Dado sus movimientos, apostaría por algún país sin acuerdo de extradición con España. Además, tiene mucha relación mercantil con Venezuela; entra y sale como quiere de allí.

—Vale, miro las aerolíneas del aeropuerto de Alicante.

—¡No! Búscame el aeródromo privado más cercano de la zona de Alicante. Este hijo de puta seguro que querrá viajar por vuelo interno.

—No me cuelgues, te lo digo ahora mismo…Mutxamel, ¡aeródromo de Mutxamel! Es el más cercano

Silvia aceleró, tocando el suelo el pedal de su coche. Quería ser ella la que le diera caza. Imaginaba cómo sería la detención, gozaba visualizando la futura escena.

Se iba a incorporar a la autovía cuando tuvo un pequeño flashback: «…Voy al lugar dónde comenzó todo»

—Voy al lugar dónde comenzó todo —se dijo en voz alta Silvia—. El lugar donde comenzó todo… —repitió—. No puede ser…

Silvia frenó de golpe y giró bruscamente. Decidió no ir en dirección Alicante. No quiso informar a los demás coches patrullas, tuvo un pálpito. Reprogramó el navegador para volver, lo antes posible, hacia Llano de Brujas. A través de la carretera de Santomera, estaría en ocho minutos en el nuevo destino. Un policía rompió el silencio hablando a través del radio-transmisor.

—A todos los agentes, he interceptado el vehículo del sospechoso en la entrada de Elche. Al ordenar que saliera del coche con las manos en alto, el conductor del vehículo resultó ser Alan Morales. Tras interrogarlo, declara que su padre, al enterarse que había quedado con una chica de Elche, insistió en que se llevara su coche. No sabemos el paradero de Pablo Morales.

Silvia, al escuchar al agente, sonrió —Pablo, eres listo, pero yo más —dijo en tono alegre.

Al llegar a la Finca Morales, la inspectora vio, frente a la puerta de entrada, aparcada la moto de Alan; corroborando así su teoría de que el padre de Alan había usado la moto de su hijo para desplazarse. Avisó a todos los coches patrullas que volvieran rápidamente hacia la Finca.

Aparcó su coche lo más cerca posible del muro lindero de la Finca, se subió al capó, luego al techo del vehículo y, desde ahí, saltó para remontar el muro y acceder al interior.

Todo estaba oscuro, sin actividad aparente. Una ligera brisa removía restos de envases de papel y plástico que estaban esparcidos por la grava y el césped. Únicamente se escuchaban los pasos de la inspectora por el pavimento impreso de la calzada central. Los animales de granja dormían, todo estaba tranquilo y sereno. Silvia decidió continuar con su pálpito inicial y continuó caminando sin dudar por la Finca, con una mano sobre su pistola cargada y el seguro quitado. Tras dejar atrás el huerto, se divisaba la zona de cabañas sobre la ladera. Tuvo el acto reflejo de desenfundar su arma, cuando apreció una luz en el interior de la cabaña número tres. Alguien estaba en su interior; imaginaba, por supuesto, quién sería. Aminoró el ritmo de sus pasos, para aproximarse sigilosamente a la puerta de entrada. El porche de la cabaña era también de madera. Supuso que los viejos tablones del suelo crujirían al ser pisados, por lo que decidió, previamente, bordear la cabaña e intentar observar su interior a través de las ventanas. A través de la ventana del salón, pudo ver, de espaldas, sentado en un sofá a Pablo Morales. Estaba solo, no se movía. Parecía tranquilo, descansando. Silvia recordó la ventana baja del aseo y caminó despacio hacia allá. Con sumo cuidado, probó a empujar la hoja de la ventana del aseo —recordó que estaba roto el cierre desde la noche del homicidio—, cediendo esta para poder pasar al interior. Con cautela, se introdujo en el aseo y caminó hacia el salón, apuntando con su arma.

—Quieto, no te muevas —exclamó Silvia.

—Hola inspectora Pérez...No se preocupe, no pienso moverme —respondió Pablo Morales, sorprendentemente apaciguado.

Pablo se encontraba sentado en el sofá, envuelto en lágrimas, con sus piernas extendidas y apoyadas en una mesa baja de madera caoba, con la única luz que emitía una televisión encendida, pero en silencio. Sobre la mesa, varios folios con escritos a manos que Silvia no puedo leer por la ilegibilidad de su caligrafía.

—¡Pablo Morales, queda usted detenido por ser autor de un delito por homicidio doloso sobre Elsa Rubio Tornel. Tiene derecho a

—¡Inspectora, inspectora! Siéntese un momento, por favor —Pablo parecía no inmutarse de la tensa situación —. No voy a ir a la cárcel…

Silvia se colocó frente a él, apuntándolo directamente. Extendió una de sus manos por detrás de su espalda para sacar los grilletes.

—Valgo más muerto que encarcelado, querida. Lo tenía todo y lo he tirado a la mierda… —comenzó a sollozar.

Silvia se percató que algo no iría bien. Bajó la tensión sobre la detención y se centró en escucharlo. Al acercarse un poco más a él, dilucidó un vaso de cristal con una bebida verde a modo de zumo sobre la mesa baja de madera.

—¡Me enloqueció, aquella hija de puta me volvió loco! Cada vez me pedía más, y más, y más… Yo se lo daba todo. ¡Me hacía sentir joven! Irradiaba vitalidad cuando estaba con ella. Pero lo estropeó todo… ¡No entendió que yo tenía mi familia, joder! —mostraba un gran sofocón —. ¡La borré del mapa, pero los problemas aumentaron! Ahora, todo habrá terminado.

—¿A qué te refieres, Pablo? No hagas tonterías —cuidó Silvia al ver sus claras intenciones.

—Eres inteligente, lo deberías saber. Tengo varias pólizas y seguros de vida, inspectora. No pienso vivir para ver a mi familia arrastrarse. Lo tengo todo organizado, mi familia se quedará cubierta. Insisto, valgo más muerto que vivo en prisión.

En ese momento, Pablo Morales se incorporó y tomó el vaso de cristal, alzándolo al aire. Silvia miró a los lados y, entre la penumbra de la estancia, pudo ver restos de varios manzanillos junto a un exprimidor, comprendiendo cómo Pablo había decidido terminar con su vida.

—¡A tu salud! —brindó.

—¡Noooo! —gritó Silvia, abalanzándose sobre Pablo cuando este empezó a ingerir con premura el zumo del vaso.

La embestida de Silvia provocó que ambos cayeran sobre el sofá. La inspectora se centró en arrebatarle el vaso a Pablo y este, aprovechando el descuido, le extrajo el arma.

—Pablo, no lo compliques más, deja el arma… —Silvia hablaba pausadamente, con ambas manos a media altura.

—Adiós, Silvia. Esto no será un rumor…

Un fogonazo iluminó, durante un segundo, el interior de la cabaña. El cañón de la nueve milímetros expulsaba un hilo de humo, tras el disparo.

Pablo Morales yacía en el suelo de madera, con un agujero en el corazón, cada vez más empapado en sangre.

Silvia, emocionada, se quedó varios segundos paralizada. Analizando la situación. Se recompuso, poco a poco y tomó todos los folios que estaban sobre la mesa.

Era una especie de despedida de Pablo Morales, antes de suicidarse. En él reconocía todo los hechos y manifestaba clemencia y perdón a su mujer e hijo. En otros folios, a modo de borrador, se podía ver una relación de cantidades económicas que su familia recibiría tras su muerte.

Ambulancia y patrullas aparecieron al poco tiempo. La investigación había llegado a su fin. El caso estaba cerrado.

CAPÍTULO 27

Hospital Quirón – Murcia - 16 de marzo de 2018.

Viernes, 19:15h.

Este caso había sido algo especial, le había dejado agotada mentalmente. Silvia necesitaba un merecido descanso, resetear y volver con las pilas cargadas. Había tenido que responder a demasiadas preguntas, dos ruedas de prensa, entrevistas, etc. No le gustaba tanta popularidad. Quería descansar. Unos días libres le iban a venir muy bien.

Los compañeros de Jefatura la despidieron entre aplausos y abrazos. Pero ella tenía muy claro dónde debía acudir, en ese mismo instante. Aparcó su coche en la calle Miguel Hernández y, antes de comenzar a andar, se miró en el reflejo de la ventanilla del conductor. Tenía un aspecto sensacional. Lista para la visita.

Se notaba un poco nerviosa; parecía una quinceañera, y esa sensación le fascinaba.

«Pelo planchado, maquillaje adecuado, perfume en cuello y muñecas, sujetador *push up* en su sitio, pantalones planchados y zapatos limpios» momentos antes de entrar en la habitación se repasó nuevamente de arriba abajo. Todo en su sitio.

Se paró justo delante de la habitación trescientos cuatro del hospital. La puerta estaba abierta y pudo ver una pierna escayolada y elevada sobre una cama.

—¿Se puede? Sonrió al entrar despacio a la habitación de Griñán.

—¡Caramba!¡La policía de moda! Pasa, pasa…Es un honor para mí tu visita, por favor —respondió con una sincera satisfación.

—¿Cómo te encuentras? ¿Te duele? —Silvia le entregó una caja de bombones —Esto es para el dolor.

—Muchas gracias, no tenías que traer nada. Bueno qué, ¿cómo te sientes?

—Liberada y satisfecha. Ya está todo. No quería más cadáveres en el caso, pero bueno…No pude hacer nada.

—Eso he visto por le tele. Por cierto, no te hace justicia. Aparentas estar más flaca que en persona.

—¿Te estás metiendo conmigo? —Silvia amenazó con elevarle la pierna operada.

—No, no; por Dios. Al revés, te veo más guapa.

—Ah vale, eso está mejor…

Los dos agentes se disparaban cortejos sin chaleco antibalas. Ambos eran conscientes y sabían dónde apuntar cada uno.

—¿Cómo descubriste al cabrón?

—El teléfono móvil desató todo, pero antes hubo muchas concordancias. Estaba próximo a la cabaña tres cuando encontramos el cuerpo de Elsa. Aguardaba en la cabaña cinco hasta ver pasar a Elsa con Javi.

—¿Y cómo estaba al tanto de las maniobras de estos dos?

—Por el teléfono móvil…Elsa le contaba cada paso que daba. Fue ella quien le contó que iría con Javi a la cabaña tres, justo antes del concierto, pero ¡no te adelantes! —le bromeó a Griñán.

—¡Vale, usted perdone!

—Elsa estaba enrollada con Pablo Morales. Consiguió engatusarlo. Aunque eso no resultaba difícil, dado el historial conquistador de este hombre.

—Vaya con Elsa, qué listilla —apostilló Griñán.

—Si, el caso es que una de las veces que quedaron clandestinamente para un encuentro íntimo, Elsa camufló su teléfono móvil y lo grabó todo.

—¿Qué es todo?

—¡Hijo mío!, pareces tonto. ¿Qué va a ser? Grabó todo el polvo que echaron. Luego lo amenazó con sacarlo a la luz sino le iba pagando una cantidad de dinero y caprichos.

—¿Y todo eso cómo lo sabes?

—Cuando abrimos el bloqueo del teléfono de Elsa, rescatamos varios email por donde se comunicaban. Pablo usaba una Ip oculta a través de un servidor VPN con sede en Venezuela. Y claro, es un país que cierra fronteras ante todo. Nos fue imposible rastrear su señal hasta que no localizamos el teléfono de Elsa.

—¡Qué listo el tío!

—Demasiado. Tuvo la sangre fría de pensar rápido y alterar el orden en la declaración que nos dio el día que fuimos a su empresa, ¿recuerdas?

—Si, nos dijo que Pepi salió primero de la cabaña cinco para que dudáramos de ella, al contradecir su declaración. Nos desmontó al razonarnos que él tuvo que salir después para cerrar la cabaña con llave. Fue muy listo.

—En los manuscrito que dejó antes de suicidarse, explicó perfectamente cómo lo tenía planeado. Necesitaba estar cerca de la cabaña tres antes de que Elsa llegara con Javier. La chica, lo encelaba escupiéndole el plan que tenía en cada momento. Muerto de celos y harto de chantajes, se le fue la cabeza a Pablo y, como la conocía desde pequeña, sabía de su alergia a las picaduras de avispas. Se encargó de importar, desde Latinoamérica, a la especie de avispa con la picadura más dolorosa del mundo. De paso, si se llevaba para adelante a Javi mataría dos pájaros de un tiro.

—Madre mía, ha sido el polvo más caro de la historia —respondió Griñán.

—El otro día, me concedió el juez una orden para controlar los movimientos bancarios de su empresa. Había pagos de billetes de avión a Venezuela, durante el mes de febrero y principios de marzo. Por lo que las avispas las pudo traer, mediante sobornos aduaneros. Ella era muy cabrona, le contaba todos sus ligues, a través de todos estos emails. A pesar de todo, Pablo estaba obsesionado con ella. Lo tenía enganchado sexualmente. Le regalaba muchos caprichos. Pero llegó un punto dónde no quiso que le chantajearan más y esta chica se quemó al jugar tanto con fuego.

—¡Vaya historia, parece sacada de una novela de intriga! —se sorprendía Griñán.

—Lo tenía todo estudiado, el problema fue que Pablo no se esperaba ver llegar a su hijo y a Eric a la cabaña tres, en ese momento. Tuvo que recoger rápido y no le dio tiempo a robar el teléfono de Elsa. No se dio cuenta de que Pepi lo estaba observando desde la cabaña cinco. Planificó el encuentro sexual con Pepi, incluso para que le sirviera de coartada si se diera el caso; aunque saliera a la luz su infidelidad. Esa fue la clave. Todo lo demás, han sido artimañas de encubrimiento por su parte.

—No lo hizo mal, eh. Nada mal…

—Él necesitaba averiguar quién tenía ese teléfono, a toda costa, para destruirlo.

—Y cuando se enteró fue a cargarse a Javi…

—Sí, de una manera muy sibilina. Usó una fruta envenenada, autóctona de la periferia de Venezuela, el manzanillo. Tenía estudiado las costumbres de Javier y esperó a que se cambiara en el gimnasio para hacerle el cambiazo en la merienda. Tenemos el registro de las cámaras del gimnasio. Se ve cómo entra en los vestuarios tras Javier y sale después de él. Intentó no dejar rastros, fue listo.

—Joder, ¿y ahora qué?

—¿Ahora? La verdad es que me la trae floja lo que el juez decida hacer con Alan y con Javier. Ambos se han manchado en esta investigación. Lo que sé es que yo voy a poner el móvil en modo avión…No vaya a ser que vengan tormentas y yo no tengo ganas de ponerme chubasqueros. ¡Bastante me he mojado!

—¡Madre mía! ¡Qué vértigo! Eres una crack, Silvia.

—No, somos unos cracks —Silvia se acercó a la cama de Griñán y le dio un fuerte abrazo.

Ese abrazo duró algo más que lo establecido como "normal". Un click se escuchó e hizo que los agentes se separaran intrigados. Ambos miraron hacia el exterior de la habitación, ya que la puerta de entrada permaneció abierta en todo momento. Una niña inmortalizó el cariñoso gesto con una foto desde tu teléfono móvil, y les sonreía inocentemente desde el quicio de la puerta.

—¡Anda, vamos a ser carne fresca para *Cotillapp*! — bromeaba Silvia al ver la situación.

—Hagamos feliz a una niña. Convirtamos ese rumor en realidad —Griñán acarició la cara de Silvia y ambos se besaron apasionadamente.

Varios clicks se oyeron mientras tanto, pero Silvia no quiso probar suerte en levantar la cara, por si acaso aquello resultaba ser otro sueño.

FIN

AGRADECIMIENTOS Y NOTAS DEL AUTOR

Querido lector/a, aunque suene a típico tópico, estoy muy agradecido de que hayas decidido gastar tu tiempo en leer mi novela. Para mí, que estoy empezando en el mundo novelístico, es de suma importancia saber vuestras opiniones, para conseguir mejorar mi estilo.

"Rumores de Sangre" es mi segunda novela (anteriormente publiqué "Gris"). He procurado tejer una trama laberíntica, con muchos quiebros y giros; donde el suspense e intriga cohabitaran de la mano en todo momento. Deseo que hayas podido disfrutar de la historia. Por el contrario, sino te ha gustado o ha habido algo que te haya podido rechinar, agradecería enormemente que me lo comentaras.

En todo caso, el mejor regalo que puedes hacer a un escritor novel es el boca-boca, y manifestar o reseñar, por redes sociales, nuestras novelas.

Te dejo mis redes sociales, en el caso de que te animes a hacerlo:

   Francisco Miguel Beasley

   @fmbeasley

   @beasleymiguel

Como puntos aclaratorios, me gustaría comentar que las avispas verdugos existen realmente. Está reconocida como la especie de avispa con la picadura más dolorosa del mundo. Te animo a echarle un vistazo por internet.

Por otro lado, el árbol de la muerte también existe en la zona Mesoamericana e Islas del Caribe.

Decidí ubicar la trama en el pueblo donde vivo, Llano de Brujas (Murcia). Aunque sevillano de pura cepa, reconozco que Murcia me abrió los brazos hace ya doce años. He querido hacer un guiño a mi tierra adoptiva, pero he intercalado realidad (lugares físicos que se ubican en la trama) con ficción. Las personas y hechos expuestos en esta novela son completamente ficticios. Cualquier parecido con personas verdaderas, vivas o muertas, o con hechos reales es pura coincidencia.

Por último, y no menos importante, quiero agradecer públicamente a varias personas que me han ayudado en el proceso de creación:

A José Ángel Ruiz López, "Cholo", por su constante asesoramiento y ayuda en la edición de esta novela.

A Joaquín Utrabo, por estar siempre detrás del teléfono para darme respuestas a inquietudes concretas.

A José Luís Espinosa, policía investigador de UCRIF II – Murcia; por su asesoramiento técnico en procesos de investigación policial.

A Piedad Párraga Torres, inspectora de la Jefatura de policía nacional de Murcia; por su asesoramiento técnico en procesos de investigación policial.

A todos mis lectores y amigos, que me han servido de acicate y motivación en aquellos momentos débiles que todo escritor padecemos durante la creación de una novela.

A mi mujer Olaya Sevilla, por ser el sempiterno bastón donde me apoyo; no solo en mi hobby como escritor sino en mis otras locuras.

GRACIAS

Printed in Great Britain
by Amazon